哈福

哈福

─ 圖文式自然記憶法 ─

我的第一本
廣東話

（ 羅馬拼音對照 易學就會
馬上和廣東人聊得來 ）

Cantonese Made Easy

初學廣東話 最強的入門書

附QR碼線上音檔
行動學習 即刷即聽

何美玲 ◎著

哈福

羅馬拼音對照，馬上和廣東人聊得來

鄧麗君當年紅極一時的歌曲「香港之夜」：夜幕低垂，紅燈綠燈霓紅多耀眼…，每個人都會哼上兩句，吸引著無數人對香港的憧憬，很想一探香港迷人的景緻。到香港、澳門，旅遊、經商、上班，廣東話非學不可。

目前，兩岸三地觀光、經濟、投資、移民，快速發展，學會說一口流利的廣東話，更是人生之必要，不管您的目的是什麼，多學一種語言，就等於多了一種謀生、求職、經商的機會，融入當地文化，才不致於受排擠，被騙、上當、吃了大悶虧，才後悔不及，凡事要防患於未然。

馬英九女兒馬唯中夫婦，留美完成學業、結婚後，也是到香港定居。想在香港久住、上班、長期發展，首要條件，當然是要先把廣東話學好，到了香港才能夠馬上融入當地生活，適應當地文化。像很多台灣電影明星到香港發展，也都發光發亮：林青霞、王祖賢、舒琪、張艾嘉…，尤其是林青霞成了香港富婆。

香港、澳門卻是個旅遊購物天堂，也是旅遊好去處，因旅費不貴。幫忙代購香港特有商品，更成了新興行業。觀光客和到澳門小試手氣的人很多，世界地球村的時代來臨了，不論是為了工作，為了旅行，為了求學，未來學廣東話的人，也將越來越多。港澳遍地是黃金，李嘉誠和李澤楷是香港最知名的父子；李嘉誠能成為華人首富，必有其道理所在，到香港取經更是生意人一生一定要去的地方。

香港的迪士尼樂園、維多利亞港、海洋公園、水晶車廂、隨上隨下觀光巴士、噴射飛船、天際100觀景台、電車全景遊、中環海濱摩天輪、澳門的賭場…，每年都吸引很多觀光客到此一遊，學會廣東話會玩得更盡興。

如果你是個「追星族」，喜歡鄧紫棋、周星馳、成龍、劉德華、張

學友、郭富城、王菲、周潤發、周慧敏、謝霆鋒、張柏芝、李嘉欣…，或喜歡看港劇或香港的八卦新聞，更應該把廣東話學好，另一方面，隨著台灣開放大陸人士觀光旅遊、自由行後，兩岸三地一條龍，不論在文化、藝術或商業投資…等方面，必然機會更多。

　　本書精心設計的內容，採用圖文式自然記憶法，必定能讓您的學習，輕易而舉、如魚得水。

　　特色1：針對從零開始的學習者，強調圖文式視覺學習。

　　特色2：角色扮演生動有趣，學廣東話超簡單。

　　特色3：跟著香港籍老師錄製的線上MP3學習，掌握發音，反覆練習，您就能輕輕鬆鬆學會道地廣東話。

路路通

＊ 港澳、廣東地區流行語排行榜

波　　士 —— 老板（從英文的boss而來）
師　　奶 —— 太太、家庭主婦
馬　　迷 —— 熱衷於賭馬的人
追 星 族 —— 明星、歌星崇拜者
靚　　仔 —— 帥哥
靚　　女 —— 美女
馬　　仔 —— 打手
飛　　仔 —— 流氓
差　　人 —— 警察
夾心階層 —— 中等收入的人士
基　　佬 —— 男同性戀者（從英文的gay譯音而來）
大 耳 窿 —— 高利貸者
寫 字 樓 —— 辦公大樓
士　　多 —— 小商店（從英文的store而來）
造　　馬 —— 舞弊
爆　　棚 —— 滿座
爆　　格 —— 入屋盜竊
走　　鬼 —— 躲警察的攤販
跳 樓 貨 —— 便宜貨
石屎森林 —— 高樓大廈

本書基本結構與內容

❶ 每課一招　一課一招式，點出每課的學習重點和文法項目。以句型順序安排每課的內容，由淺入深，並能知道它的中文意思。

❷ 聰明書　重要語句和慣用句的相關解說。除了該課本身的意思以外，也介紹它的反義詞和相關用語、用法等。

❸ 精華例句　收集了與本課句型相關的四句最常用例句，選句生動、活潑。此外，廣東話字體稍大且不同色，並附羅馬音標示，以方便學習者反覆練習。

❹ 替換練習　主要句型配合主題性單字反覆練習，掌握學習的重點，老師也可以用遊戲方式，在課堂上與學生作演練，以加深學習印象。

❺ 圖文並茂　採用最新的「單字自然記憶法」，打破傳統學習模式，讓您一看便能知道其意；插圖生動，可提高學習的興趣。

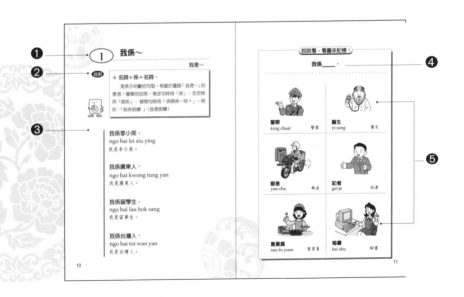

4

❻ 簡單會話 　不同登場人物的對話，一問一答，凸顯句型的意義，會話中100個特定的場面，讓你學會如何應用，使會話對答如流。

❼ 路路通 　介紹最原汁原味的廣東流行口語，讓學習能超越一般課文內容，直接與生活結合，使您脫口說出道地的廣東話。

❽ 流行口語補給站 　語言背後所隱藏的意義，在這一部份有更深的說明，讓您了解廣東文化精髓，學習更富趣味 。

❾ 單字盒 　整理「輕鬆會話」中所出現的單字，只要配合線上MP3反覆練習，學習廣東話根本不用背單字。

　　本書原為MP3版，因應時代與科技進步，以「附免費QR碼線上音檔」，全新呈現給讀者，行動學習，即掃即聽，隨時隨地，可提升廣東話的會話和聽力，實力進步神速！

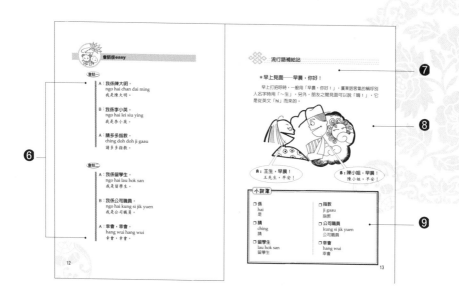

目 錄

　　以前送報時，只要遇見客人，我就會抓住機會跟客人對話，如果對方聽不懂，我就會想辦法用其他的語詞來表達，外語學習最重要的是勇於「開口」練習。

　　　　～現任雜誌社總編輯　林得凱

＊＊＊

　　要學好一種語言，先決條件是尊重、並試著了解對方的文化。透過對彼此的了解與尊重，才能溝通順暢，學會活的語言。

　　　　～現任出版社主編　朱美欣

1 我係～

我是～

說明

☆名詞＋係＋名詞。

是表示判斷的句型。相當於國語「我是～」的意思，簡單的回答，肯定句時用「係」；否定時用「唔係」；疑問句時用「係唔係～呀？」。例如：「我係明輝」（我是明輝）。

我係李小英。

ngo hai lei siu ying

我是李小英。

我係廣東人。

ngo hai kwong tung yan

我是廣東人。

我係留學生。

ngo hai lau hok sang

我是留學生。

我係台灣人。

ngo hai toi wan yan

我是台灣人。

我係＿＿＿＿。

警察
king chaat 　　　　警察

醫生
yi sang 　　　　醫生

郵差
yau cha 　　　　郵差

記者
gei je 　　　　記者

售貨員
sau fo yuen 　　　售貨員

秘書
bei shu 　　　　秘書

會話很easy

會話一

A：我係陳大明。
ngo hai chan dai ming
我是陳大明。

B：我係李小英。
ngo hai lei siu ying
我是李小英。

A：請多多指教。
ching doh doh ji gaau
請多多指教。

會話二

A：我係留學生。
ngo hai lau hok san
我是留學生。

B：我係公司職員。
ngo hai kung si jik yuen
我是公司職員。

A：幸會，幸會。
hang wui hang wui
幸會，幸會。

＊早上見面──早晨，你好！

　　早上打招呼時，一般用「早晨，你好！」，廣東話客氣的稱呼別人名字時用「～生」，另外，朋友之間見面可以說「嗨！」，它是從英文「hi」而來的。

A：王生，早晨！
　王先生，早安！

B：陳小姐，早晨！
　陳小姐，早安！

小詞庫

· 係
hai
是
· 請
ching
請
· 留學生
lau hok san
留學生

· 指教
ji gaau
指教
· 公司職員
kung si jik yuen
公司職員
· 幸會
hang wui
幸會

13

2 我唔係～

我不是～

說明

☆名詞＋唔係＋名詞

　　這是表示否定的句型。這裡「唔」表示否定的意思，相當於中文的「不是～」之意。二個或二個以上的否定用「都唔係」，即「都不是～」之意。例如：「佢唔係小英」（她不是小英）。

我唔係香港人。

ngo ng hai heung kong yan
我不是香港人。

我唔係廣東人。

ngo ng hai kwong tung yan
我不是廣東人。

我唔係學生。

ngo ng hai hok sang
我不是學生。

我唔係公務員。

ngo ng hai kung mo yuen
我不是公務員。

14

呢架唔係＿＿＿？

的士
dick si　　　計程車

電車
din cheh　　　電車

電單車
din daan cheh　　摩托車

單車
dang cheh　　　腳踏車

飛機
fei gei　　　飛機

地鐵
dei tit　　　地下鐵

會話一

A：呢杯係唔係橙汁？
lei bui hai ng hai chaang jap
這杯是不是柳橙汁？

B：唔係，呢杯唔係橙汁。
ng hai lei bui ng hai chaang jap
不是，這杯不是柳橙汁。

A：咁係唔係酒？
gam hai ng hai jau
那麼是不是酒？

會話二

A：我唔係中國人。
ngo ng hai chung gwok yan
我不是中國人。

B：咁你係邊度人？
gam nei hai bin do yan
那麼你是哪裡人？

A：我係日本人。
ngo hai yat boon yan
我是日本人。

＊人稱代名詞的用法

廣東話的人稱代名詞，表示第三人稱時用「佢」，用在男性或女性，可譯作他（她）；表示兩個以上的眾多人稱時，在人稱代名詞後加上「哋」字，可譯作「～們」。

	第一人稱	第二人稱	第三人稱
單數	我 ngo 我	你 nei 你	佢 kui 他（她）
複數	我哋 ngo dei 我們	你哋 nei dei 你們	佢哋 kui dei 他（她）們

小詞庫

- 呢
  lei
  這
- 橙汁
  chaang jap
  柳橙汁
- 咁～
  gam
  那麼～

- 酒
  jau
  酒
- 中國人
  chung gwok yan
  中國人
- 日本人
  yat boon yan
  日本人

3) 係唔係～呀？

是不是～？

說明 這是表示疑問的句型。「呀」加在句末作語助詞，有緩和語氣的作用。一般先回答「係」（是）或「唔係」（不是），然後再加上補充的內容。「係唔係～呀？」及「係～？」都是單純疑問句。例如：「你係唔係廣東人呀？」（你是不是廣東人）。

你係唔係陳生呀？

nei hai ng hai chan sang ah
你是不是陳先生？

你係唔係李小姐呀？

nei hai ng hai lei siu je ah
你是不是李小姐？

你係唔係香港人呀？

nei hai ng hai heung kong yan ah
你是不是香港人？

你係唔係上海人呀？

nei hai ng hai seung hoi yan ah
你是不是上海人？

你係唔係＿＿＿＿人呀？

台灣人
toi wan yan 　　台灣人

日本人
yan boon yan 　　日本人

韓國人
hon gwok yan 　　韓國人

美國人
mei gwok yan 　　美國人

英國人
ying gwok yan 　　英國人

法國人
fat gwok yan 　　法國人

會話一

> A：你係唔係香港人呀?
> nei hai ng hai heung kong yan ah
> 你是不是香港人?

> B：係呀，我係。
> ha ah ngo hai
> 是的，我是。

> A：我都係。
> ngo doh hai
> 我也是。

會話二

> A：我唔係香港人。
> ngo ng hai heung kong yan
> 我不是香港人。

> B：咁你係邊度人呀?
> gam nei hai bin do yan ah
> 那麼你是哪裡人?

> A：我係台灣人。
> ngo hai toi wan yan
> 我是台灣人。

＊見面問候──飲咗茶未呀？

早上打招呼常說的一句話。可以譯作「喝過早茶了嗎？」。廣東人喜歡早上到港式茶樓「飲茶」，傳統的飲茶館還是沿用「叫賣」的方式，不過，現在已經改成自助式的了。有機會到廣東一趟，不妨試試道地的廣式飲茶吧！

A：早晨，飲咗茶未呀？
　　早安，喝過早茶了嗎？

B：飲咗喇。
　　喝過了。

小詞庫

- 唔係
ng hai
不是
- 都係
doh hai
也是
- 咁
gam
那麼

- 邊度
bin do
哪裡
- 台灣人
toi wan yan
台灣人
- 香港人
heung kong yan
香港人

4 我都係～

我也是～

說明

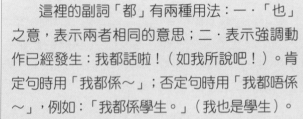
　　這裡的副詞「都」有兩種用法：一‧「也」之意，表示兩者相同的意思；二‧表示強調動作已經發生：我都話啦！（如我所說吧！）。肯定句時用「我都係～」；否定句時用「我都唔係～」，例如：「我都係學生。」（我也是學生）。

我都係公司職員。

ngo do hai kung si jik yuen
我也是公司職員。

我都係家庭主婦。

ngo do hai ga ting ju fu
我也是家庭主婦。

我都係姓王嘅。

ngo do hai sing wong gei
我也是姓王的。

我都係記者。

ngo doh hai gei je
我也是記者。

我都係_____。

醫生
yi sang　　　　　醫生

差人
chaai yan　　　　警察

消防員
siu fong yuen　　消防員

工程師
kung ching si　　工程師

老世
lo sai　　　　　老闆

推銷員
tui siu yuen　　推銷員

會話一

A：我係護士，你呢？
ngo hai wu si nei lei
我是護士，你呢？

B：我係空中小姐。
ngo hai hung chung siu je
我是空中小姐。

A：佢都係。
kui do hai
她也是。

會話二

A：我係香港人，你呢？
ngo hai heung kong yan nei lei
我是香港人，你呢？

B：我係台灣人。
ngo hai toi wan yan
我是台灣人。

A：我哋都係留學生。
ngo dei do hai lau hok sang
我們都是留學生。

＊一般人的稱呼

廣東話的人稱代名詞，年輕到中年的男性用「～生」、年老男性用「～伯」；年輕還沒結婚女性時用「～小姐」、已結婚的中年女性用「～太」或「～師奶」。

	未婚	已婚	老年
男	（王）先 sang 先生	（王）先 sang 先生	（王）伯 baak 伯伯
女	（陳）小姐 siu je 小姐	（陳）太 tai 太太	（陳）師奶 si lai 太太

小詞庫

- 護士
  wu si
  護士
- 空中小姐
  hung chung siu je
  空中小姐
- 香港人
  heung kong yan
  香港人

- 台灣人
  toi wan yan
  台灣人
- 我哋
  ngo dei
  我們
- 留學生
  lau hok sang
  留學生

5 ～喺～

～在～

說明

☆名詞＋喺＋場所

　　表示某物存在的句型。有兩種用法：第一種一介詞，表示事物存在的場所「我喺門口等你」（我在門口等你）；第二種一動詞，「我喺學校」（我在學校）。

我喺屋企。

ngo hai uk kei
我在家。

餐廳喺一樓。

chaan teng hai yat lau
餐廳在一樓。

車站喺對面。

cheh jaam hai dui min
車站在對面。

廁所喺右手邊。

chi soh hai yau sau bin
廁所在右手邊。

26

我住喺＿＿＿附近。

公園
kung yuen　　公園

醫院
yi yuen　　醫院

圖書館
to shu goon　　圖書館

超級市場
chiu kap si cheung　超級市場

百貨公司
ba fo kung si　　百貨公司

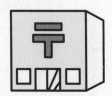

郵局
yau kuk　　郵局

27

會話很easy

會話一

A：廁所喺邊度呀?
chi soh hai bin do ah
廁所在哪裡?

B：喺前面轉左。
hai chin min juen joh
在前面左轉。

A：唔該。
ng koi
謝謝。

會話二

A：喺邊度等你呀?
hai bin do dang nei ah
在哪裡等你呢?

B：喺火車站出口。
hai fo cheh jaam chut hau
在火車站出口。

A：好呀。
ho ah
好的。

＊路上碰面──乜咁啱嘅。

任何時候，在路上碰面或遇到熟人時都可以用。「乜」是疑問詞，代表「怎麼會」的意思。在輕鬆的場合突然看到別人出現，用來問候對方時用。這句話還含有「怎麼會在這裡看到您？」的意思。

A：乜咁啱嘅，去邊呀？
　　真是巧合，你要去哪裡？

B：去行街。
　　去逛街。

小詞庫

· 廁所
chi soh
廁所

· 邊度
bin do
哪裡

· 前面
chin min
前面

· 轉左
juen joh
左轉

· 火車站
fo cheh jaam
火車站

· 出口
chut hau
出口

6 ～喺邊度呀？

～在哪裡呀？

說明

☆ **名詞＋喺邊度呀？**

表示詢問地點的句型。「喺」之後接代名詞「邊度」，代表「什麼地方」之意，其他表地方的代名詞用法還有「呢度、嗰度、呢處、嗰處」等。例如：「我喺車站」（我在車站）。

海關喺邊度呀？

hoi gwaan hai bin do ah
海關在哪裡？

差館喺邊度呀？

chaai goon hai bin do ah
警察局在哪裡？

醫院喺邊度呀？

yi yuen hai bin do ah
醫院在哪裡？

課室喺邊度呀？

fo sat hai bin do ah
教室在哪裡？

_____喺邊度呀？

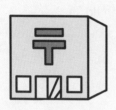

郵局
yau guk　　　　　郵局

銀行
ngan hong　　　　銀行

車站
cheh jaam　　　　車站

差館
chaai goon　　　警察局

學校
hok hau　　　　　學校

餐廳
chaan teng　　　　餐廳

會話很easy

會話一

A：唔該地鐵站喺邊度呀？
ngo koi dei tit jaam hai bin do ah
請問地下鐵站在哪裡？

B：喺前面轉右。
hai chin min juen yau
在前面右轉。

A：好呀，唔該。
ho ah ng koi
好的，謝謝。

會話二

A：邊度有快餐店呀？
bin do yau fai chaan dim ah
哪裡有速食店？

B：喺車站隔離。
hai cheh jaam kak lei
在車站旁邊。

A：唔該晒。
ng koi saai
謝謝你。

＊晚上見面──食咗飯未呀？

傍晚打招呼的常用語。「食飯」是「吃飯」的意思。衣食住行是基本生活所需，只要吃得飽，就算生活無憂慮了。「呀」是發語詞，廣東口語對話中常有。

A：乜咁啱嘅，食咗飯未呀？
　　真是巧合，吃過飯了沒有？

B：食咗喇，你呢？
　　吃過了，你呢？

小詞庫

· 地鐵站
dei tit jaam
地下鐵站

· 前面
chin min
前面

· 轉右
juen yau
右轉

· 快餐店
fei chaan dim
速食店

· 隔離
kak lei
旁邊

· 唔該晒
ng koi saai
謝謝你

7 （喺係）～度有～

在～（地方）有～

說明

☆地方＋度有＋物品

這是表示某處有某物的句型。

「喺」後面接的是存在的場所，「度」是強調該物存在的地點，可譯作「那裡」的意思，例如：「喺動物園度有獅子」（在動物園那裡有獅子）。

呢度有枝筆。

lei do yau ji bat

這裡有一枝筆。

嗰度有床。

goh do yau chong

那裡有床。

房間度有書。

fong gaan do yau shu

房間裡面有書。

動物園度有企鵝。

dung mat yuen do yau kei ngo

動物園裡有企鵝。

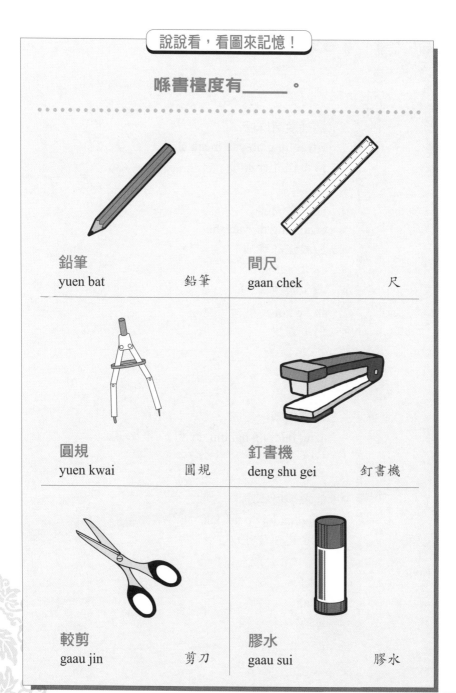

說說看，看圖來記憶！

喺書檯度有＿＿＿＿。

鉛筆
yuen bat　　　　　　　鉛筆

間尺
gaan chek　　　　　　尺

圓規
yuen kwai　　　　　　圓規

釘書機
deng shu gei　　　　釘書機

較剪
gaau jin　　　　　　剪刀

膠水
gaau sui　　　　　　膠水

會話很easy

會話一

A：櫃桶度有咩呀？
　gwai tung do yau meah ah
　抽屜裡有什麼？

B：櫃桶度有書。
　gwai tung do yau shu
　抽屜裡有書。

A：啊，唔該。
　ah ng koi
　啊，謝謝。

會話二

A：行李放喺邊度呀？
　hang lei fong hai bin do ah
　行李放在哪裡？

B：放喺呢度得嘞。
　fong hai lei do tak lak
　放在這裡就可以了。

A：好呀。
　ho ah
　好的。

＊指示代名詞用法（一）

廣東話的指示代名詞用「呢、
嗰、邊」，表示眾多數目時，在
指示代名詞後加上「～啲」
字，可以譯作「～些」；
表示疑問時，用「邊
個？」、「邊啲？」，可
以譯作「哪個？」、「哪
些？」。

單數	呢個 nei goh 這個	嗰個 goh goh 那個	邊個 bin goh 哪一個
複數	呢啲 nei dick 這些	個啲 goh dick 那些	邊啲 bin dick 哪一些

小詞庫

- 邊度
  bin do
  哪裡
- 書
  shu
  書
- 櫃桶
  gwai tung
  抽屜

- 行李
  hang lei
  行李
- 放
  fong
  放
- 得嘞
  tak lak
  就可以了

⑧ 點（樣）～呀？

～怎樣做？

說明　用於詢問別人方法或情況時的疑問句型。「點」有「如何、怎樣、怎麼」的意思，例如：「只要你鐘意，點都得。」（只要你喜歡，什麼都可以）。其他的用法還有「點解？」（為甚麼）；「點知？」（什麼....）；「點得㗎？」（怎麼可以）。

去中環要點坐車呀？

hui chung waan yiu dim joh cheh ah
去中環要怎麼坐車？

呢個手袋點賣呀？

lei goh sau doi dim mei ah
這個手提袋怎麼賣？

呢封信點寫呀？

lei fung shun dim se ah
這封信怎麼寫？

呢條數學點做呀？

lei tiu so hok dim jo ah
這題數學怎麼做？

＿＿＿點樣做呀？

水餃
siu gaau　　　　水餃

麵包
min baau　　　　麵包

蛋糕
daan go　　　　蛋糕

炸雞翼
ja gai yik　　　　炸雞翅

拉麵
lai min　　　　拉麵

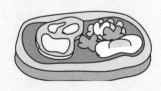

牛扒
ngau pa　　　　牛排

會話很easy

會話一

A：中環點去呀？
chung waan dim hui ah
中環怎麼去？

B：坐電車去。
joh din cheh hui
坐電車去。

A：遠唔遠㗎？
yuen ng yuen ga
會不會很遠？

會話二

A：呢對鞋點賣㗎？
lei dui hai dim mai ga
這雙鞋子怎麼賣？

B：一千蚊一對。
yat chin man yat dui
一千元一雙。

A：我想要細碼嘅。
ngo seung yiu sai ma gei
我想要小號的。

40

＊道別時──咁唔阻你勒。

談話結束，客氣地與對方説告別時用。深知不要誤到別人寶貴的時間，客氣地説這次的談話實在是浪費了別人許多的時間，是有禮貌的説法。

A：您有要事做，咁唔阻您勒。
　　您有重要事要做，那麼我就不浪費您時間了。

B：拜拜！
　　再見！

小詞庫

- 中環
  chung waan
  中環
- 電車
  din cheh
  電車
- 遠
  yuen
  遠

- 鞋
  hai
  鞋子
- 蚊
  man
  元
- 細碼
  sai ma
  小號

9 ～幾耐呀？

～要多久？

說明

　　用在詢問時間的句型。可以譯作「～要多久？」「～花多少時間？」。「幾」是問有關數字的疑問詞，其他的還有「幾多」（多少）、「幾點」（幾點）、「幾個」（多少個）。例如：「你有幾多錢呀？」（你有多少錢）。

你等咗幾耐呀？

nei dang joh gei noi ah
你等了多久？

坐車到九龍要幾耐呀？

joh cheh do gau lung yiu gei noi ah
坐車到九龍要多久？

你嚟咗香港幾耐呀？

nei lai joh heung kong gei noi ah
你來香港多久了？

要出國幾耐呀？

yiu chut gwok gei noi ah
要出國多久？

說說看，看圖來記憶！

坐_____到旺角要幾耐呀？

巴士
ba si   公車

飛機
fei gei   飛機

的士
dick si   計程車

飛翼船
fei yik suen   快艇

單車
daan cheh   腳踏車

私家車
si ga cheh   車子

會話一

A：你等咗幾耐啦？
　　nei dang jo gei noi la
　　你等了多久？

B：半個鐘頭。
　　boon goh chung tau
　　半個小時。

A：唔好意思。
　　ngo ho yi si
　　不好意思。

會話二

A：你嚟咗香港幾耐呀？
　　nei lai joh heung kong gei noi ah
　　你來香港多久了？

B：五個月。
　　ng goh yuet
　　五個月。

＊道別時──得閒再傾。

因為時間關係不能再多聊，又不好意思直接説出口時用。用「得閒再傾」，就是希望日後仍能再聊，只是現在實在抽不出時間來聊天，是「抱歉，沒空再聊」的委婉説法。

A： 我趕時間，第日再傾。

　　我趕時間，日後再聊。

B： 好呀！

　　好的！

小詞庫

- 等
  dang
  等
- 鐘頭
  chung tau
  小時
- 唔好意思
  ng ho yi si
  不好意思

- 嚟
  lai
  來
- 香港
  heung kong
  香港
- 五個月
  ng goh yuet
  五個月

10 係～嚟嘅。

是～。

說明

☆名詞＋係＋嚟嘅

　用來對某事或人作解釋、說明的句型。前面是主語，後面是對主語所作的分類說明，疑問句時把後面的「嘅」字改成「㗎？」，例如：「乜嘢嚟㗎？」（什麼東西來的）。

呢啲係綠茶嚟嘅。

lei dick hai luk cha lai gei
這些是綠茶。

佢係中國人嚟嘅。

kui hai chung gwok yan lai gei
他是中國人。

呢啲係米酒嚟嘅。

lei dick hai mei jau lai gei
這些是米酒。

呢張係翻版碟嚟嘅。

nei cheung hai faan baan dip lai gei
這是一張翻版的ＣＤ。

呢啲係_____嚟嘅。

蘭花
lan fa　　　　蘭花

百合花
baak hap fa　　　百合花

菊花
guk fa　　　　菊花

水仙
sui sin　　　　水仙

荷花
ho fa　　　　荷花

梅花
mui fa　　　　梅花

會話一

A：你坐乜嘢車嚟㗎？
　　nei choh mat ye cheh lai ga
　　你坐什麼車來的？

B：我行路嚟嘅。
　　ngo hang lo lai gei
　　我走路來的。

A：癐唔癐呀？
　　gwui ng gwui ah
　　累不累啊？

會話二

A：呢啲係乜嘢花嚟㗎？
　　lei dick hai mat ye fa lai ga
　　這些是什麼花？

B：幾錢呀？
　　gei chin ah
　　多少錢？

A：50蚊一朵。
　　ng sap man yat doh
　　五十元一朵。

＊睡覺前──早的哪啦！

晚間分別時的寒暄語，這句話如果照字面直譯是「請早點休息」或「請早點睡覺」的意思，引申字義，可當作晚上與人分別時的寒暄語。

A：夜了，早啲哪啦！
　　晚了，早點休息吧！

B：晚安。
　　晚安。

小詞庫

· 坐車
　joh cheh
　坐車

· 行路
　hang lo
　走路

· 癐
　gwui
　累

· 百合花
　baak hap fa
　百合花

· 幾錢
　gei chin
　多少錢

· 五十蚊
　ng sap man
　五十元

～同埋～

～和～

說明

　　「同埋」表示兩個同類東西並列的句型。有兩個不同的意思：一·連詞，相當於「和」之意；二·介詞，相當於「跟、為」之意。例如：「貓同埋狗」（貓和狗）。要注意的是，所提及的兩種東西必須是相關或同類型的。

書檯有銀包同埋鏡。

shu toi yau ngan baau tung mai geng
書桌有錢包和鏡子。

書包有書同埋筆。

shu baau yau shu tung mai bat
書包有書和筆。

雪櫃有雞蛋同埋汽水。

suet gwai yau gai daan tung mai hei sui
冰箱有雞蛋和汽水。

今日同埋聽日。

gam yat tung mai ting yat
今天和明天。

課室有＿＿＿＿同埋＿＿＿＿。

黑板
hak baan　　　　　黑板

粉擦
fan chaat　　　　　板擦

粉筆
fan bat　　　　　粉筆

書檯
shu toi　　　　　書桌

教壇
gaau tan　　　　　講桌

凳
dang　　　　　椅子

51

會話一

A：要食乜嘢呀？
yiu sik mat ye ah
要吃什麼呢？

B：我要漢堡包同埋可樂。
ngo yiu hon bo baau tung mai ho lok
我要漢堡和可樂。

A：好呀。
ho ah
好的。

會話二

A：你要去邊度呀？
nei yiu hui bin do ah
你要去哪裡呢？

B：去行街。
hui hang gaai
去逛街。

A：咁好吖。
gam ho ah
真好耶。

＊收到禮物時──多謝晒您。

　　用在受到別人的恩惠或收到禮物時，表達感謝之意時的一般説法，回答時可以用「唔使客氣」（不用客氣）。廣東話「動詞＋晒」表示動作已完成，例如：「飯盒已經賣晒」（便當已經賣光了）。

Ａ：咁靚嘅禮物，真係多謝晒您。
　　好漂亮的禮物，真是謝謝您了。

Ｂ：唔使客氣。
　　不用客氣。

小詞庫

· 乜嘢
mat ye
什麼

· 食
sik
吃

· 漢堡包
hon bo baau
漢堡

· 可樂
ho lok
可樂

· 行街
hang gaai
逛街

· 咁好吖
gam ho ah
那麼好；真好耶

53

12 ～抑或～呀？／～定～呀？

還是～？

說明

☆名詞＋抑或＋名詞

　　表示兩者選一的疑問句。可以譯作「是～嗎？還是～嗎？」的意思，例如：「你要蘋果抑或橙？」（你要蘋果還是柳丁）。因為是選擇句，所以後面加「呀」。

要飯抑或麵包呀？

yiu fan yik wak min baau ah
要飯還是麵包呢？

要去抑或唔去呀？

yiu hui yit wak ng hui ah
要去還是不去呢？

係甜抑或鹹㗎？

hai tim yik wak haam ga
是甜的還是鹹的呢？

係你定係佢㗎？

hai nei ding hai kui ga
是你的還是他（她）的？

你要＿＿＿抑或＿＿＿呀？

清水
ching sui　　　　　白開水

豆奶
dau naai　　　　　豆漿

茶
cha　　　　　茶

咖啡
ga fe　　　　　咖啡

牛奶
ngau naai　　　　　牛奶

汽水
hei sui　　　　　汽水

會話一

A：你要茶抑或汽水呀？
nei yiu cha yit wak hei sui ah
你要茶還是汽水呢？

B：我要茶。
ngo yiu cha
我要茶。

A：請慢用。
ching man yung
請慢用。

會話二

A：你鐘意張學友抑或黎明呀？
nei chung yi cheung hok yau yik wak lai min ah
你喜歡張學友還是黎明呢？

B：我鐘意張學友。
ngo chung yi cheung hok yau
我喜歡張學友。

A：我都係。
ngo do hai
我也是。

＊道別時——我走先啦。

外出、告別、上班時，對別人說的告別辭。注意廣東話說「我走先」，國語則說「我先走」，兩者語順剛好相反。送行的一方則可以說：「慢行」（慢走）。

A：夠鐘了，我走先啦。
　　時間到了，我要先走了。

B：慢行，慢行。
　　慢走，慢走。

小詞庫

- 茶
  cha
  茶
- 汽水
  hei sui
  汽水
- 慢用
  man yung
  慢用

- 張學友
  cheung hok yau
  張學友
- 黎明
  lai ming
  黎明
- 都係
  do hai
  也是

13 有冇～呀？

有沒有～？

說明

☆**有冇＋名詞**

　　表示詢問某人或某事物是否存在的句型。可以譯做「有沒有～？」，簡單的回答時，只要用「有」或「冇」就可以了。例如：「樹上有冇雀呀？」（樹上有沒有鳥？）。

有冇筆呀？

yau mo baat ah
有沒有筆？

屋企有冇人呀？

uk kei yau mo yan ah
家裡有沒有人？

附近有冇郵局呀？

fu gan yau mo yau kuk ah
附近有沒有郵局？

有冇得平啲呀？

yau mo tak ping dick ah
有沒有便宜一點？

有冇_____賣呀？

古董
gu dung　　　古董

布
bo　　　布

字畫
ji wa　　　字畫

玉器
yuk hei　　　玉器

茶壺
cha wu　　　茶壺

紙扇
ji sin　　　扇子

會話一

A：外面落大雨喇。
ngoi min luk daai yu la
外面下大雨了。

B：你有冇帶遮呀？
nei yau mo daai je ah
你有沒有帶雨傘？

A：有。
yau
有。

會話二

A：呢件衫有冇大碼㗎？
nei kin saam yau mo daai ma ga
這件衣服有沒有大號的？

B：有，請等等。
yau ching dang dang
有，請等一下。

A：唔該。
ng koi
謝謝。

＊疑問指示詞的用法

提出疑問的指示詞，稱疑問指示詞，可以分下列四個：1.
邊－在其中選一；2. 乜－不確定的人、事、物；3. 點－詢問樣
子、狀態；4. 幾－詢問數量、程度。

疑問指示詞	邊 bin	邊個 bin goh （哪一個）	邊度 bin do （哪裡）	邊啲 bin dick （哪些）	邊處 bin chue （哪裡）
	乜 mat	乜嘢 mat ye （什麼）	做乜嘢 joh mat ye （做什麼）		乜咁～ mat gam （怎麼那麼～）
	點 dim	點樣 dim yeung （怎樣）	點解 dim kei （為什麼）		點知 dim ji （點麼知道）
	幾 gei	幾多個 gei doh goh （幾個）	幾多錢 gei doh chin （多少錢）		幾時 gei si （何時）

小詞庫

· 落雨
luk yu
下雨
· 遮
je
雨
· 衫
saam
衣服

· 大碼
daai ma
大號
· 等等
dang dang
等一下
· 唔該
ng koi
謝謝；麻煩了

14　呢個係乜嘢呀？

這是什麼？

說明

　　表示詢問別人某事物性質、狀態的句型。不確定的對象用「乜嘢」來表示，會話時常常簡略發音成「咩」（meah）。用於詢問眾多數目的時候，用「呢啲」（這些）；「嗰啲」（哪些）等，例如：「嗰啲係乜嘢茶呀？」（那些是什麼茶）。

呢啲係乜嘢呀？

lei dick hai mat ye ah
這些是什麼？

要食乜嘢呀？

yiu sik mat ye ah
你要吃什麼？

要聽乜嘢歌呀？

yiu ting mat ye goh ah
要聽什麼歌？

呢條係乜嘢街？

lei tiu hai mat ye gaai
這條是什麼街？

呢啲係乜嘢花呀？_____。

蘭花
lan fa 蘭花

百合花
baak hap fa 百合花

菊花
guk fa 菊花

水仙
sui sin 水仙

荷花
ho fa 荷花

梅花
mui fa 梅花

會話很easy

會話一

A：小姐，要買啲乜嘢呀？
siu je yiu mai dick mat ye
小姐，你要買什麼？

B：我想要買T-shirt。
ngo seung yiu mai T-shirt.
我想要買T-shirt。

A：隨便揀啦。
chui bin gaan la
隨便挑吧。

會話二

A：呢件衫有乜嘢顏色呀？
lei kin saam yau mat ye ngaan sik ah
這件衣服有什麼顏色？

B：有紅色同藍色。
yau hong sik tung lam sik
有紅色和藍色。

A：我想要紅色嘅。
ngo seung yiu hung sik gei
我想要紅色的。

＊迎接回家的人──你返嚟拿。

對於外出回來的人表示迎接的招呼語。而回來的人可以對在家的人說「我返嚟喇」（我回來了）。

A：我返嚟拿。

我回來了。

B：老公，您返嚟拿。

老公，你回來了。

小詞庫

· 小姐
siu je
小姐
· 揀
gaan
挑選
· T-shirt
T-shirt
T-shirt

· 衫
saam
衣服
· 紅色
hong sik
紅色
· 藍色
lam sik
藍色

15 淨得～

只有～

☆淨＋動詞＋名詞

　　表示限定除此事物、行為以外，別無其他之意。可以譯成「單是、只有、都是」；也有放在名詞前面的特別用法，例如：「淨麵」（陽春麵），意指光麵之外，沒有別的配料。

阿妹淨食水果。

ah mui jing sik siu gwo
妹妹只吃水果。

陳太淨得一個女。

chan tai jing tak yat goh nui
陳太太只有一個女兒。

我淨得一 蚊。

ngo jing tak yat baat man
我只有一百元。

淨收碎銀。

jing sau sui ngan
只收零錢。

我朝早淨飲＿＿＿＿。

綠茶
luk cha　　　　綠茶

烏龍茶
wu lung cha　　　烏龍茶

龍井茶
lung jeng cha　　龍井茶

香片
heung pin　　　香片

牛奶
ngau naai　　　牛奶

果汁
gwo jap　　　　果汁

會話一

A：想食乜嘢呀？
seung sik mat ye ah
想吃什麼？

B：我淨係想食菜。
ngo jing hai seung sik choi
我只想吃菜。

A：咁我地去食齋啦！
gam ngo dei hui sik jai la
那麼，我們去吃素食吧！

會話二

A：有冇提子賣呀？
yau mo tai ji mai ah
有沒有賣葡萄？

B：賣晒喇，淨得香蕉。
mai saai la jing tak heung jiu
賣完了，只剩香蕉。

A：咁我要香蕉。
gam ngo yiu heung jiu
那麼我要香蕉。

68

＊告辭時──失陪。

談話時中途退席，作客的一方向主人表示告辭時用。廣東話「時候唔早」（晚了），還可以「晏」字來代替。

A：時候唔早，我先失陪啦。

　　天色已晚，我要先回去了。

B：好呀，慢行。

　　好的，請慢走。

小詞庫

- 菜
  choi
  蔬菜
- 齋
  so
  素食
- 香蕉
  heung jiu
  香蕉

- 提子
  tai ji
  葡萄
- 蘋果
  ping gwo
  蘋果
- 賣晒
  mai saai
  賣完

16　唔該俾～我呀

麻煩給我～

說明

　　這是請求對方做某事的句型。是說話者請求聽話者做某事的說法，可以譯做「麻煩～」、「請～」。更有禮貌的說法可以用「可唔可以請你～」。例如：「唔該俾個護照我睇吓。」（麻煩給我看一下護照）。

唔該俾杯酒我呀。

ngo koi bei bui jau ngo ah
麻煩給我一杯酒。

唔該俾張郵票我呀。

ngo koi bei jeung yau piu ngo ah
麻煩給我一張郵票。

唔該俾個餐牌我呀。

ngo koi bei goh chaan pai ngo ah
麻煩給我一份菜單。

唔該攞件衫俾我睇吓。

ng koi loh kin saam bei ngo tai ah
麻煩拿那件衣服我看看。

唔該俾一斤＿＿＿＿我呀。

白菜
baat choi

大白菜

紅蘿蔔
hung loh baak

紅蘿蔔

青
cheng gwa

小黃

香芹
heung kan

芹菜

茄
ka gwa

茄子

粟米
suk mai

玉米

會話很easy

會話一

A：唔該俾三張郵票我呀。

　　ngo koi bei sam cheung yau piu ngo ah

　　麻煩給我三張郵票。

B：好嘅，總共10蚊。

　　ho gei jung kung sap man

　　好的，總共10元。

A：啊！唔好意思，要兩張就夠了。

　　ah ng ho yi si yiu leung cheung jau gau liu

　　啊！不好意思，要兩張就夠了。

會話二

A：唔該俾（一）杯豆奶我呀。

　　ng koi bei yat bui dau naai ngo ah

　　麻煩給我一杯豆漿。

B：你要大定細㗎？

　　nei yiu daai ding sai ga

　　你要大杯還是小杯的呢？

A：我要大杯嘅。

　　ngo yiu daai bui gei

　　我要大杯的。

＊指示代名詞用法（二）

廣東話表示一個地點的字詞有：呢度－此地、這裡；嗰度－那裡（較遠處）；邊度－何處、哪裡（問句），表示場所的指示詞「喺」常放在這些字的前面。例如：「阿傑喺呢度。」（阿傑在這裡）。

	這	那	哪
度	呢度 lei do 這裡	嗰度 goh do 那裡	邊度 bin do 哪裡
嗰	呢個 lei goh 這個	嗰個 goh goh 那個	邊個 bin goh 哪個
處	呢處 lei chue 這裡	嗰處 goh chue 那裡	邊處 bin chue 哪裡

小詞庫

- 郵票
  yau piu
  郵票
- 總共
  jung kung
  總共
- 蚊
  man
  元

- 一杯
  yat bui
  一杯
- 豆奶
  dau naai
  豆漿
- 大細
  daai sai
  大小

17 幾（多）～

多少～

說明

　　用在詢問所需時間或所需費用。疑問詞「幾」後可接數量詞，例如「幾高（多高）、幾長（多長）、幾支（多少支）」等等。表示程度的時候，「幾」還可以譯作「相當」、「還」，例如：「佢幾靚。」（她滿漂亮的）。

有幾多件行李？

yau gei do kin hang lei
有多少件行李？

去學校要幾耐？

hui hok hau yiu gei noi
去學校要多久？

份禮物幾錢？

fan lai mat gei chin
這份禮物多少錢？

今日幾號？

gam yat gei ho
今天幾號？

依家幾點呀？＿＿＿＿。

兩點零五分／兩點一個字
leung dim ling ng fan/leung dim yat goh ji

兩點零五分

差一個字到八點／差五分鐘到八點
cha yat goh ji do baat dim/cha ng fan chung do baat dim

差五分鐘八點

兩點正	七點半	十二點正
leung dim jeng	chat dim boon	sap yi dim jeng
兩點整	七點半	十二點整

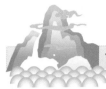

會話一

A：蛋治一份幾錢呀？
daan ji yat fan gei chin ah
雞蛋三明治一份多少錢？

B：十蚊一份。
ng man yat fan
十塊錢一份。

A：唔該俾（一）份我。
ng koi bei yat fan ngo
麻煩給我一份。

會話二

A：坐巴士到機場要幾耐呀？
joh ba si doh gei cheung yiu gei noi ah
坐公車到機場要多久？

B：要一個鐘頭。
yiu yat goh cheung tau
要一個小時。

A：咁坐的士呢？
gam joh dick si lei
那麼坐計程車呢？

76

＊幾的問法

　　廣東話詢問別人有關時間、數量、金錢時，用「幾」，例如：
「幾本書？」（幾本書）；「幾多」可以用於「人、日、金錢」，
例如：「幾多人？」（多少人）、「幾多日？」（多少天），
「多」字也可以省略。

	時間	時刻	長度	金錢	高度	數量
幾	幾耐 gei noi 多久	幾點 gei dim 幾點	幾長 gei cheung 多長	幾錢 gei chin 多少錢	幾高 gei go 多高	幾件 gei kin 多少件
幾多		幾多點 gei doh dim 幾點		幾多錢 gei doh chin 多少錢		幾多件 gei doh kin 多少件

小詞庫

- 蛋治
  daan ji
  雞蛋三明治
- 幾錢
  gei chin
  多少錢
- 一份
  yat fan
  一份

- 幾耐
  gei ngoi
  多久
- 巴士
  ba si
  公車
- 的士
  dick si
  計程車

咁～

那麼～

「咁」字有兩個讀音和用法。一．單獨時用時，有「那麼，～」的意思。例如：「咁，下次吧！」（那麼，下次吧！）二．後接形容詞或動詞，有「那麼～的樣子」的意思。例如：「咁高」（那麼高）。

咁貴嘅鞋。

gam gwai gei hai
那麼貴的鞋子。

咁多功課。

gam doh kung fo
那麼多功課。

咁大嘅蛋糕。

gam dai gei dan go
那麼大的蛋糕。

咁新嘅車。

gam san gei cheh
那麼新的車子。

咁多＿＿＿＿食唔晒。

點心
dim saam　　　　點心

麵
min　　　　麵

廣東粥
kwong tung juk　　廣東粥

炒飯
chaau fan　　　炒飯

咖喱飯
ga lei fan　　咖喱飯

燒鴨
siu ap　　　　燒鴨

會話很easy

會話一

A：著咁靚，去邊呀？
ju gam leng hui bin ah
穿那麼美，要去哪裡？

B：同朋友去睇戲。
tung pang yau hui tai hai
跟朋友去看電影。

A：咁好吖！
gam ho ah
真好耶！

會話二

A：你好無精神咁喎。
nei ho mo jing san gam wo
你看起來很沒有精神。

B：琴晚好夜瞓。
kam man ho ye fan
昨天很晚才睡。

A：早啲休息啦！
jau dick yau sik la
早點休息吧！

80

＊久別會面──咁耐無見呀！

對於久別會面的朋友，碰面打招呼時的用語。可以譯作：「好久不見」。後面常會接「最近點呀？」（最近過得怎麼樣）、「忙的咩野呀？」（在忙什麼呀）等。表示長時間，廣東話用「咁耐」（那麼久）、「好耐」（好久）。

A：咁耐無見呀！最近點呀？

　　好久不見，最近在忙什麼？

B：都係咁啦。

　　生活如常。

小詞庫

- 咁靚
  gam leng
  那麼漂亮
- 邊度
  bin do
  哪裡
- 睇
  tai
  看

- 精神
  jing san
  精神
- 琴晚
  kam man
  昨天晚上
- 夜瞓
  ye fan
  晚睡

19　喺～嚟

從～來；從～回來

說明

☆ **從+地方+嚟**

　　表示從某一空間到另一空間，或某一時間到另一時間，可以譯作「從～來」，「嚟」就是往自己方向而進，也有「從～去」的用法。單獨用「嚟」字，亦即國語的「來」，與它相對意思的是「去」。

我喺美國嚟。

ngo chung mei gwok lai
我從美國來。

我喺公司番嚟。

ngo chung kong si fan lai
我從公司回來。

我搭巴士嚟。

ngo daap ba si lai
我坐公車來。

我喺外地嚟。

ngo chung ngoi dei lai
我從外地來。

我每日搭_____嚟學校。

巴士
ba si   公車

的士
dick si   計程車

地鐵
dei tit   地下鐵

電車
din cheh   電車

電單車
din daan cheh   摩托車

單車
daan cheh   腳踏車

會話一

A：你點嚟㗎？
nei dim lai ga
你是怎麼來的？

B：我坐地鐵嚟。
ngo joh dei tit lai
我坐地下鐵來。

A：要坐幾耐呀？
yiu joh gei noi ah
要坐多久呢？

會話二

A：你嚟香港幾耐啦？
nei lai heung kong gei noi la
你來香港多久了？

B：一個禮拜。
yat goh lai baai
一個禮拜。

A：咁你去過唔少地方囉。
gam nei hui goh ng siu dei fong loh
那麼你已經去過不少地方了吧。

84

＊方向語「嚟、去」的用法

廣東話的「嚟」，表示移動方向，是向說話者靠近；「去」表示離開說話者而他去。此外，「番／返」字可以用在「嚟、去」之前作補語，表示「回復、重複」的意思，例如：「（返）上嚟」（回上來）、「（返）入嚟」（進來）……等等。以「嚟」和「去」為中心的說法，可以有下列各種：

	上	落	出	入	返	過	埋	開
嚟	上嚟 seung lai 上來	落嚟 lok lai 下來	出嚟 chut lai 出來	入嚟 yap lai 進來	返嚟 fan lai 回來	過嚟 gwo lai 過來	埋嚟 mai lai 靠過來	開嚟 hoi lai 走開來
去	上去 seung hui 上去	落去 lok hui 下去	出去 chut hui 出去	入去 yat hui 進去	返去 fan hui 回去	過去 gwo hui 走過去	埋去 mai hui 靠過去	開去 hoi hui 走出去

上	落	出	入	返	過	埋	開

小詞庫

- 點
  dim
  怎樣
- 地鐵
  dei tit
  地下鐵
- 學校
  hok hau
  學校

- 幾耐
  gei noi
  多久
- 禮拜
  lai baai
  禮拜
- 唔少
  ng siu
  不少

去～做（目的）

說明

　　表示動作的目的。句子焦點放在後面動詞片語的部份。要注意動作與發生的場所必須合理，不能模稜兩可，此外，更要注意用詞用字，廣東話的動詞用法與中文很不一樣。例如：「去美國留學。」（去美國留學）。

去戲院睇戲。

hui hai yuen tai hei

去電影院看電影。

去餐廳食飯。

hui chaan ting sik fan

去餐廳吃飯。

番屋企瞓覺。

fan uk kei fan gaau

回家睡覺。

去卡拉ＯＫ唱歌。

hui ka la o k cheung go

去KTV唱歌。

說說看，看圖來記憶！

佢去書店買＿＿＿＿。

雜誌
jaap ji　　　　　　　雜誌

食譜
sik po　　　　　　　食譜

字典
ji din　　　　　　　字典

百科全書
baak fo chuen shu　百科全書

地圖
dei to　　　　　　　地圖

月刊
yuet hon　　　　　　月刊

會話很easy

(會話一)

A：你要去邊度呀？
nei yiu hui bin do ah
你要去哪裡？

B：我要去油麻地買嘢。
ngo yiu hui yau ma dei mai ye
我要去油麻地買東西。

A：幾點去呀？
gei dim hui ah
幾點去呀？

(會話二)

A：去尖少咀做乜嘢呀？
hui jim sa jui joh mat ye ah
去尖沙咀做什麼？

B：去尖沙咀睇表演。
hui jim sa jui tai biu yin
去尖沙咀看表演。

A：咁好吖！
gam ho ah
真好耶！

＊到別人家作客時──打搞晒啦。

到別人家拜訪之後，出門告辭的客套話。相反，要進門拜訪時，則可以把「晒」去掉，用「打搞啦」，主人可以回答：「點會呀」（怎麼會呢）。

Ａ：今日真係打搞晒你哋。
今天真是打擾你們了。

Ｂ：點會呀。
怎麼會呢。

小詞庫

· 油麻地
yau ma dei
油麻地

· 買嘢
mai ye
買東西

· 幾點
gei dim
幾點

· 尖沙咀
jim sa jui
尖沙咀

· 表演
biu yin
表演

· 咁好吖
gam ho ah
那麼好；真好耶

一邊～一邊～

一邊～一邊～

說明

表示前項動作和後項動作同時進行。前項為副動作，後項為主動作，在會話中，常常會把「一」省掉而變成「邊～邊～」；較口語的可以說「一路～一路～」例如：「一路唱一路跳」（一邊唱歌，一邊跳舞）。

一邊聽音樂，一邊做家課。

yat bin ting yam ngok yat bin joh ga fo

一邊聽音樂，一邊做功課。

一邊睇報紙，一邊食飯。

yat bin taai bo ji yat bin sik fan

一邊看報紙，一邊吃飯。

一邊打電話，一邊開車。

yat bin da din wa yat bin hoi cheh

一邊打電話，一邊開車。

一邊讀書，一邊寫字。

yat bin duk shu yat bin se ji

一邊讀書，一邊寫字。

一邊睇電視，一邊食＿＿＿。

蘋果
pin gwo　　　蘋果

提子
tai ji　　　葡萄

橙
chaang　　　柳丁

西瓜
sai gwa　　　西瓜

波蘿
boh loh　　　鳳梨

雪梨
suet lei　　　水梨

會話一

A：你中午得唔得閒呀？

nei chung ng tak ng tak haan ah

你中午有沒有空？

B：得閒。

tak haan

有空。

A：咁邊食飯邊傾啦。

gam bin sik fan bin king la

那麼邊吃飯邊討論吧。

會話二

A：你做緊乜嘢呀？

nei joh gan mat ye ah

你在做什麼？

B：一邊睇電視，一邊讀書。

yat bin taai din si yat bin duk shu

一邊看電視，一邊讀書。

A：咁都得？

gam do tak

這樣也可以？

＊受到恩惠時──咁樣點係呀。

　　領受別人的恩惠時，向別人表示謝謝的客套話，也可以簡單的
說「點係呀」。

A：呢個送俾你。
　　這個送給你。

B：咁樣點係呀。
　　怎麼好意思呢。

小詞庫

- 中午
  chung ng
  中午
- 得閒
  tak haan
  有空
- 傾
  king
  討論

- 做緊～
  joh gan
  正在做～
- 電視
  din si
  電視
- 得
  tak
  可以

因為～所以～

說明

　　表示因果關係的句型。前項「因為～」表示原因、理由的連接詞；後項「所以～」是因為這一原因而成的結果。若要強調發生的原因，可以改成「～之所以因為～。」；口語表現可以加上「加因」，例如：「佢之所以咁做，加因愛你。」（他這樣做，全因為愛你）。

因為落雨，所以留喺屋企。

yan wai lok yu soh yi lau hai uk kei
因為下雨，所以待在家裡。

因為感冒，所以請假。

yin wai gam mo soh yi ching ga
因為感冒，所以請假。

因為肚餓，所以食嘢。

yin wai to ngo soh yi sik ye
因為肚子餓，所以吃東西。

因為太遠，所以搭車去。

yan wai tai yuen soh yi daap cheh hui
因為太遠，所以坐公車去。

說說看，看圖來記憶！

因為放假，所以去＿＿＿＿。

睆港產片
tai kung chaan pin　看港片

唱卡拉ＯＫ
cheung ka la ok　唱ＫＴＶ

燒烤
siu hau　　　　　烤肉

爬山
pa san　　　　　爬山

釣魚
diu yu　　　　　釣魚

跳舞
tiu mo　　　　　跳舞

會話很easy

會話一

A：去唔去飲酒呀？
　　hui ng hui yam jau ah
　　要不要去喝酒？

B：因為要加班，所以唔去得。
　　yin wai yiu ga baan soh yi ng hui tak
　　因為要加班，所以不能去。

A：咁，下次啦！
　　gam ha chi la
　　那麼，下次吧！

會話二

A：點解琴日冇嚟上堂呀？
　　dim kei kam yat mo lai seung tong ah
　　為什麼昨天沒有來上課？

B：因為傷風，所以請假了。
　　ying wai seung fong soh yi ching ga liu
　　因為感冒，所以請假了。

A：要保重啊。
　　yiu bo chung ah
　　要保重啊。

＊安慰對方——唔緊要啦。

叫對方別擔心或安慰對方時用，其他的還可以説：「唔使擔心」、「冇緊要啦」等。

A：數學又唔合格了。

數學又不及格了。

B：唔緊要啦，下次努力。

沒有關係，下次努力。

小詞庫

- 飲
  yam
  喝
- 酒
  jau
  酒
- 加班
  ga baan
  加班

- 琴日
  kam yat
  昨天
- 上堂
  seung tong
  上課
- 傷風
  seung fong
  感冒

23 又～又～

又～又～

說明

表示上述之外還有進一層情況。可以譯作「又～又～」前後兩者意思要相類似，可以同時是正面或負面的內容，其他相似的用法還有「不突只」「唔單只」等等。例如：「部電腦又貴又唔實用。」（那台電腦又貴又不實用）。

菜又貴又唔好食。

choi yau gwai yau ng ho sik
菜又貴又不好吃。

佢又食煙又飲酒。

kui yau sik yi yau yam jau
他又抽煙又喝酒。

佢又高又大隻。

kui yau go yau dai je
他又高又壯。

學習又輕鬆又愉快。

hok jaap yau hing sung yau yu faai
學習又輕鬆又愉快。

_____又平又靚。

蘋果
pin gwo 　　　　蘋果

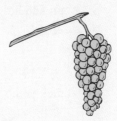

提子
tai ji 　　　　葡萄

橙
chaang 　　　　柳丁

西瓜
sai gwa 　　　　西瓜

波蘿
boh loh 　　　　鳳梨

雪梨
suet lei 　　　　水梨

會話很easy

會話一

A：最近開咗間新餐廳。
　　jui kan hoi joh gaan san chaan teng
　　最近開了一家新的餐廳。

B：啲嘢好唔好食㗎？
　　dick ye ho ng ho sik ga
　　食物如何？

A：又平又抵食。
　　yau ping yau dai sik
　　又便宜又划算。

會話二

A：我唔想番工了！
　　ngo ng seung fan dung liu
　　我不想工作了！

B：點解呀？
　　dim kai ah
　　為什麼？

A：工作又忙又低薪。
　　kung jok yau mong yau dai san
　　工作又忙又低薪。

100

＊詢問意見時──點呀？

徵求別人意見或因擔心而詢問別人生活、起居、狀況時用。廣東話的「點」是疑問詞，是「怎麼樣？」的意思。「呀」字沒有意思，放在句末，可以用來緩和語氣。

A：最近工作點呀？
　　最近工作怎麼樣？

B：日日都好忙。
　　天天都很忙。

小詞庫

· 最近
jui kan
最近
· 餐廳
chaan teng
餐廳
· 平
ping
便宜

· 抵食
dai sik
划算
· 番工
fan kung
工作；上班
· 忙
mong
忙碌

24 等～吓

說明

　　表示懇求別人同意自己做某事的句型。「等」是介詞，有「讓」的意思，這句可以譯做「讓我～看一看。」，普通朋友之間都可以用。更客氣的說法可以用「唔該你俾～吓。」（麻煩你給～看看），例如：「等我食吓。」（讓我吃吃看）。

等我睇吓！

dan ngo tai ha
讓我看看！

等佢做吓！

dang kui joh ha
讓他（她）做做看！

等我寫吓！

dang ngo se ha
讓我寫寫看！

等我試吓！

dang ngo si ha
讓我試試看！

等我試吓呢件＿＿＿＿先！

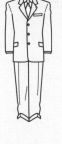

西裝
sai jong 西裝

晚禮服
man lai fook 晚禮服

套裝
to jong 套裝

婚紗
fan sa 婚紗

外套
ngoi to 外套

短裙
duen kwan 短裙

會話一

A：新開嗰間舖頭啲點心唔錯啊！
san hoi goh gaan po tau dick dim sam ng choh ah
新開那家店的點心不錯啊！

B：我都好想試吓。
ngo do ho seung si ah
我也很想試試看。

A：等我下次帶你去啦！
dang ngo ha chi daai nei hui la
下次我帶你去吧！

會話二

A：件行李好重啊！
kin hang lei ho chung oh
這件行李很重啊！

B：等我嚟啦！
dang ngo lai la
讓我來幫你吧！

＊動詞時態用法

　　廣東話動詞之後可以接各種接尾詞，藉以表示時態，表示動作已完了用「咗」或「晒」；表示過去的經驗用「過」；正在進行的動作用「緊」；表示動作靜止的狀態用「住」。表示動作發生時間的助詞介紹：

時態 動詞	過去	完了	現在 進行	靜止 狀態	過去
食 （吃）	食咗 sik joh	食晒 sik saai	食緊 sik gan	食住 sik ju	食過 sik gwo
去 （去）	去咗 hui joh	去晒 hui saai	去緊 hui kan		去過 hui gwo
做 （做）	做咗 jo joh	做晒 jo saai	做緊 jo kan	做住 jo ju	做過 jo gwo
到 （到）	到咗 do joh				到過 do gwo
睇 （看）	睇咗 taai joh	睇晒 taai saai	睇緊 taai kan	睇住 taai ju	睇過 taai gwo

小詞庫

- 新開
  san hoi
  新開幕
- 嗰間
  goh gaan
  那間
- 點心
  dim sam
  點心

- 唔錯
  ng choh
  不錯
- 行李
  hang lei
  行李
- 重
  chung
  重

那麼～

說明

☆咁＋形容詞＋吖

　　程度副詞「咁」有兩個不同的讀法，意思也有不同。一‧單獨使用時，表示「那麼～」之意。二‧用在動詞前面，表示「按照～做」之意。三‧用在形容詞後面表示「這樣～的程度」之意。

條褲咁貴吖！

tiu fu gam kwai ah
褲子那麼貴！

你咁耐吖！

nei gam noi ah
你那麼久！

你咁早吖！

nei gam jo ah
你那麼早！

你食咁多吖！

nei sik gam doh ah
你吃那麼多！

_____咁新吖！

電視機
din si gei　　　　　電視機

收音機
sau yam gei　　　　收音機

電話
din wa　　　　　　電話

電腦
din no　　　　　　電腦

雪櫃
suet gwai　　　　電冰箱

洗衣機
sai yi gei　　　　洗衣機

會話一

A：咁晏先食飯吖？
gam an sin sik fan ah
那麼晚才來吃飯？

B：工作太忙喇。
kung jok tai mong la
工作太忙了。

A：注意休息啊！
jui yi yau sik ah
注意休息啊！

會話二

A：著咁靚吖？
juk gam leng ah
穿得那麼美？

B：約咗朋友出去。
yuk joh pang yau chu hui
約了朋友出去。

A：咁好吖！
gam ho ah
那麼好！

＊為別人做事後——唔使客氣。

勸誘客人食用或向對方表示同意、許可、勸誘等場合可以用「隨便啦」，若是害怕別人會拘禮時，可以加上「唔使客氣」（不用客氣），更有禮貌的説法可以在前面加上「請」字。

A：呢啲係我從鄉下帶嚟嘅特產。
　　這是我從家鄉帶來的特產。

B：隨便食啦，唔使客氣。
　　請隨便吃，不用客氣。

小詞庫

- 晏
  an
  晚
- 食飯
  sik fan
  吃飯
- 工作
  kung jok
  工作

- 著
  juk
  穿
- 靚
  leng
  美麗
- 番嚟
  fan lai
  回來

26 不如～吖／啦

不如～吧！

表示向別人提出建議時用。「吖」放在句末，帶有建議的語氣，例如：「去睇戲吖！」（去看電影吧！）；也有表示警告的「吖拿」的用法，例如：「你再打人吖拿！」（如果你再打人的話～），語氣更強烈。

不如你試下吖！

but yu nei si ha ah
不如你試試看吧！

不如去飲茶吖！

but yu hui yam cha ah
不如去喝港式飲茶吧！

不如唔好買啦！

but yu ng ho mai la
不如不要買吧！

不如打電話吖！

but yu daai din wa ah
不如打個電話吧！

情人節不如送＿＿＿＿叮！

襪
mat　　　　　　襪子

領呔
ling tai　　　　領帶

鑽石
juen sek　　　　鑽石

戒指
gaai ji　　　　　戒指

銀包
ngan baau　　　錢包

書包
shu baau　　　　書包

會話一

A：情人節送乜嘢禮物好呀？
ching yan ji sung mat ye lai mat ho ah
情人節送什麼禮物好呢？

B：不如送朱古力吖！
but yu sung ju gu lik ah
不如送巧克力吧！

A：好主意。
ho ju yi
好主意。

會話二

A：今日食乜嘢好呀？
gam yat sik mat ye ho ah
今天吃什麼好呢？

B：不如去食廣東菜吖？
bat yu hui sik kwong tung choi ah
不如去吃廣東菜？

A：咁就去啦！
gam jau hui la
那就去吧！

＊做決定時──一於係咁話。

經過考慮或討論之後，下定決心去做某一件事時用。此時，說話者心裡其實已經很有把握，一定能把事情做好的意思。別的說法可以用「就咁決定吧！」

A：一於係咁話，唔使再考慮了。
　　就這樣決定吧，不用再考慮了。

B：不過......
　　不過......

小詞庫

· 情人節
ching yan jit
情人節
· 禮物
lai mat
禮物
· 朱古力
ju gu lik
巧克力

· 主意
ju yi
主意
· 乜嘢
mat ye
什麼
· 廣東菜
gwon tung choi
廣東菜

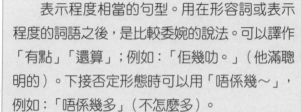

27　幾～／好～

有點～／很～

說明

　　表示程度相當的句型。用在形容詞或表示程度的詞語之後，是比較委婉的說法。可以譯作「有點」「還算」；例如：「佢幾叻。」（他滿聰明的）。下接否定形態時可以用「唔係幾～」，例如：「唔係幾多」（不怎麼多）。

今日幾凍。

gam yat gei dung

今天有點冷。

發音幾好。

faat yam gei ho

發音滿好的。

佢都幾高。

kui doh gei go

他還滿高的。

旅行幾好玩。

lui hang gei ho waan

旅行滿好玩的。

今日＿＿＿＿嘅運勢幾好。

水瓶座
tin ping joh 　　水瓶座

牡羊座
muk yeung joh 　　牡羊座

雙子座
seung ji joh 　　雙子座

金牛座
gam ngau joh 　　金牛座

雙魚座
seung yu joh 　　雙魚座

摩羯座
mo kit joh 　　魔羯座

會話一

A：套戲好唔好睇吖？
to hei ho ng ho tai ah
那部電影好不好看？

B：幾好睇啦。
gei ho tai la
還滿好看的。

A：咁去睇囉。
gam hui tai loh
那麼去看吧。

會話二

A：天氣咁好，出去玩啦！
tin hei gam ho chut hui waan la
天氣那麼好，出去玩吧！

B：我唔係幾想去。
ngo ng hai ho seung hui
我不是很想去。

A：點解呀？
dim gei ah
為什麼呢？

＊讚揚別人時──夠晒犀利。

適用於各種的場合，無論人、事、物等各種狀況讓你覺得很棒
的時候，表示讚嘆的一句話。

A：佢年年都考第一。
　　他每年考試都考第一名。

B：夠晒犀利。
　　真是厲害。

小詞庫

- 戲
　hei
　電影
- 睇
　tai
　看
- 咁
　gam
　那麼

- 天氣
　tin hei
　天氣
- 玩
　waan
　玩
- 點解
　dim gei
　為什麼

28 ～就係～嘞！

說明

☆名詞＋就係＋名詞＋嘞

　　根據目睹的情況作肯定的敘述。「就係」相當於「是」的意思；後面的「嘞」是語氣助詞，含有確認的意思，可以省略。例如：「呢個就係我阿爸嘞！」（這個就是我爸爸了）。

嗰度就係車站嘞！

goh do jau hai cheh jam lak
那裡就是車站了！

嗰座就係太平山嘞！

goh joh jau hai tai pin saan lak
那座就是太平山了！

呢位就係林太嘞！

lei wai jau hai lam tai lak
這位就是林太太了！

呢座就係尖沙咀鐘樓嘞！

lei joh jau hai jam sa jui jung lau lak
這座就是尖沙咀鐘樓了！

呢個就係我＿＿＿＿嘞！

阿爸
ah ba　　　　爸爸

阿媽
ah ma　　　　媽媽

阿哥
ah goh　　　　哥哥

阿妹
ah mui　　　　妹妹

細佬
sai lo　　　　弟弟

家姐
ga je　　　　姐姐

會話很easy

會話一

A：呢位就係我家姐嘞！
　　lei wai jau hai ngo ga je lak
　　這位就是我姐姐了！

B：幸會，幸會。
　　hang wui hang wui
　　幸會，幸會。

A：佢比我大兩歲。
　　kui bei ngo dai leung sui
　　她比我大兩歲。

會話二

A：呢度就係旺角嘢！
　　lei do jau hai wong kok lak
　　這裡就是旺角了！

B：有乜嘢最出名㗎？
　　jau mat ye jau chut ming ga
　　有什麼最有名的？

A：女人街最出名。
　　lui yan gaai jui chut ming
　　女人街最有名。

＊助動詞的使用

　　這裡介紹的助動詞「要、想、識」等助動詞，可以用來表示願意、要求、意志等主觀判斷，意思大致與中文相同；動詞前加「唔」，表示否定的意思，例如：「我唔鐘意貓。」（我不喜歡貓）。

主語	副詞	助動詞	動詞	補語	疑問詞
我 Ngo		想 seung	學 hok	廣東話。 kwong tung wa	
你 Nei		要 yiu	買 mei	一部相機 yat bo seung gei	嗎？ ma
你 Nei		識 sik	講 kong	廣東話 kwong tung wa	嗎？ ma
我 Ngo		唔 ng	識 sik	食煙。 sik yin	
呢度 Lei do		可以 ho yi	食煙 sik yin		嗎？ ma

小詞庫

- 呢位
  lei wai
  這位
- 家姐
  ga je
  姐姐
- 幸會
  hang wui
  幸會

- 旺角
  wong kok
  旺角
- 女人街
  lui yan gaai
  女人街
- 出名
  chut ming
  有名

29 睇落～

看起來～

說明

　　表示根據目睹狀況所作的推測句型。用於表達主觀的想法或推測時，可以譯作「看起來～」。例如：「睇落都唔錯。」（看起來不錯）。後接否定形式時，可以用「睇落唔係咁～」（看起來不是很～）。

你睇落唔係幾精神喎！

nei tai lok ng hai gei jing san wo
你看起來不是很有精神啊！

件衫睇落好啱身喎！

kin saam tai lok ho ngaam san
衣服看起來很合身。

啲菜睇落好新鮮。

dick choi tai lok ho san sin
這些菜看起來很新鮮。

佢睇落人品唔錯。

kui taai lok yan boon ng choh
他看起來人品不錯。

呢啲_____睇落好好食。

叉燒包
cha siu baau　　　叉燒包

水餃
sui gaau　　　水餃

雲吞麵
wan tan min　　　餛飩麵

糖水
tong sui　　　糖水

點心
dim sam　　　點心

小籠包
siu lung baau　　　小籠包

會話一

A：你睇落好開心咁喎！
nei tai lok ho hoi sam gam wo
你看起來很開心啊！

B：今日係我生日。
gam yat hai ngo sang yat
今天是我的生日。

A：生日快樂。
san yat faai lok
生日快樂。

會話二

A：你睇落唔係好舒服喎！
nei tai lok ng hai ho shu fook wo
你看起來不舒服的樣子！

B：我傷風了。
ngo seung fung liu
我感冒了。

A：有冇睇醫生呀？
yau mo tai yi san ah
有沒有去看醫生？

124

＊受到讚美時──多得你啫。

　　謙虛的把成功的榮耀歸到別人身上。可以譯作「托你的福」的意思，與它的意思剛好相反的是「多得你唔少！」（都是因為你才弄成這麼糟糕的地步），用在埋怨別人時。

A：恭喜晒你！　　　　　　　　B：都係多得你啫。
　　恭喜你啊！　　　　　　　　　都是托你的福而已。

小詞庫

‧～咁喎	‧舒服
gam wo	shu fook
～的樣子	舒服
‧生日	‧傷風
sang yat	seung fung
生日	感冒
‧快樂	‧保重
faai lok	bo chung
快樂	保重

～得好～

做得很～

說明

☆**動詞＋得＋補語**

　　表示動作的結果的句型。「得」可以有兩個意思。一·表示可能；二·表示動作之程度。後接補語以形容詞為主，但也可以用詞組或句子來作補語。例如：「行得好快」（走得很快）。

字寫得好靚。

ji se tak ho leng
字寫得很漂亮。

你跑得好慢。

nei pau tak ho man
你跑得很慢。

你唱得好好聽。

nei cheung tak ho ho ting
你唱得很好聽。

賣得好貴。

mai tak ho kwai
賣得很貴。

佢玩_____好叻。

捉棋
juk kei　　　　　下棋

打麻雀
da ma juk　　　　打麻將

畫畫
wak wak　　　　畫畫

打桌球
da cheuk kau　　　打撞球

打牌
da pai　　　　　打牌

拉小提琴
la siu tai kam　　拉小提琴

會話一

A：雨落得好大啊！
ngoi min yu lok tak ho da
雨下得很大啊！

B：有冇帶遮呀？
yau mo daai je ah
有沒有帶雨傘呀？

A：好彩有帶。
ho choi yau daai
幸好有帶。

會話二

A：佢跑得好快啊。
kui paau tak ho fei ah
他跑得很快啊。

B：梗係，日日苦練。
yat yat fu lin gang fei
當然快，天天苦練。

A：難怪。
naan gwaai
難怪。

128

＊請別人幫忙時──麻煩晒你。

讓人家添麻煩，真是感激，是客氣的說法。「麻煩晒你」與「唔該晒你」的意思一樣，受到致謝的一方可以說：「唔使客氣」。

A：今次嘅事就麻煩晒你了。
　　這次的事，就麻煩你了。

B：唔使客氣。
　　不用客氣。

小詞庫

- 外面
  ngoi min
  外面
- 落雨
  luk yu
  下雨
- 屋企
  uk kei
  家

- 約會
  yuk wui
  約會
- 梗係
  gang hai
  當然是
- 難怪
  naan gwaai
  難怪

31 如果～就

如果～就～

說明

表示假定條件的句型。從話題中提到的或由當時的情況來判斷，如果是在這種情況下，那麼就會怎麼樣。前句是假定條件，後句是前句條件下所發生的情況，可以譯作「如果～」「要是～」等。例如：「如果貴，就唔去旅行。」（如果貴，就不去旅行）。

如果佢去我就去。

yu gwo kui hui ngo jau hui
如果他去我就去。

如果唔使錢我就要。

yu gwo ng sai chin ngo jau yiu
如果不用錢我就要。

如果落雨就唔去。

yu gwo luk jau ng hui
如果下雨就不去。

如果得閒就嚟。

yu gwo tak haan jau lai
如果有空就來。

如果唔_____就去吧！

大霧
dai mo　　　　　大霧

落雨
lok yu　　　　　下雨

落雪
lok suet　　　　下雪

猛太陽
mang tai yeung　　大太陽

打風
da fo　　　　　颱風

熱
yit　　　　　熱

131

會話一

A：搭巴士番工真係唔方便。
daap ba si fan kung jan hai ng fong bin
坐公車上班真是不方便。

B：如果有車就好了。
yu gwo yau cheh jau ho liu
如果有車子就好了。

A：加油啦！
ga yau la
加油吧！

會話二

A：落雨真麻煩！
luk yu jan ma fan
下雨真麻煩！

B：如果落雨就唔去。
yu gwo luk yu jau ng hui
如果下雨就不去。

A：咁不如洗衫啦！
gam bat yu sai saam la
那麼不如洗衣服吧！

＊事情辦妥後──搞掂晒啦。

　　表示已經把事情辦好了的口語説法。廣東話的「搞」就是「辦理」的意思，「掂」表示「妥當」的意思。

Ａ：出國手續辦好了未呀？
　　出國手續辦好了沒有？

Ｂ：搞掂晒啦。
　　已經辦好了。

小詞庫

・巴士	・車
ba si	cheh
公車	車子
・番工	・麻煩
fan kung	ma fan
上班	麻煩
・方便	・衫
fong bin	saam
方便	衣服

133

32 早知～就～

早知道～就～

說明

表示假定的條件。用於事件沒有做到，使說話者感到後悔。否定句時可以用「早知～就唔～」。例如：「早知會落雨，就帶遮。」（早知會下雨，就帶雨傘）。這裡有一句廣東熟語：「早知係咁，又何必當初呢？」（早知道是這樣，當初又為何這樣做呢？）。

早知道就去啦。

jo ji do jau hui la
早知道就去了。

早知道就買啦。

jo ji do jau mai la
早知道就買了。

早知道就參加啦。

jo ji do jau cham ga la
早知道就參加了。

早知咁多人就唔去啦。

jo ji gam doh yan jau ng hui la
早知道那麼多人就不去了。

早知就同埋你哋去＿＿＿＿啦。

睇戲
tai hei　　　　　看電影

跳舞
tiu mo　　　　　跳舞

唱歌
cheung go　　　　唱歌

燒烤
siu hau　　　　　烤肉

爬山
pa san　　　　　爬山

釣魚
diu yu　　　　　釣魚

會話很easy

會話一

A：咁多人係度排隊！
gam doh yan hai do paai dui
那麼多人在排隊！

B：早知道就唔嚟啦。
jo ji do jau ng lai la
早知道就不來了。

A：已經太遲了。
yi king tai chi la
已經太晚了。

會話二

A：呢條褲太窄了。
lei tiu fu tai jaak liu
這條褲子太窄了。

B：早知道就買大碼啦！
jo ji do jau mei dai ma la
早知道就買大號的。

A：下次啦！
ha chi la
下一次吧！

136

＊貨幣單位──金額的說法

　　「二」和「兩」在十、百、千、萬之前，隨便用那一個可，但是在某些類別字之前，則按一般的習慣。例如兩枝筆、兩本書，但不可以說二枝筆、二本書。

個	十	百
koh　個	sap　十	baak　百
千	萬	十萬
chin　千	man　萬	sap man　十萬
萬	千萬	億
baak man　萬	chin man　千萬	yik　億

小詞庫

· 排隊
paai dui
排隊
· 唔嚟
ng lai
不來
· 太遲
tai chi
太晚

· 褲
fu
褲子
· 窄
jaak
窄
· 大碼
dai ma
大號

137

　〜話〜喎

〜說〜

說明

☆主語＋話＋述語＋喎

　　表示直接引述某人的話。可以譯做「某人這樣說」之意。句末語氣助詞「喎」用於把自己的意見或判斷傳達給對方，傾訴的語氣。例如：「佢話唔使客氣喎。」（他說不用客氣）。

導遊話呢間舖頭唔貴喎。

do yau wa lei gan po tau ng gwai wo
導遊說這家店不貴。

醫生話要早啲休息喎。

yi sang wa yiu jo dick yau sik wo
醫生說要早點休息。

你話佢係廣東人？

nei wa kui hai gwong tung yan
你說他是廣東人？

佢話唔嚟得喎。

kui wa ng lai tak
他說不能來。

_____話佢後生嗰陣時候讀書好用功喎。

阿爺
ah ye　　　　祖父

阿嫲
ah ma　　　　祖母

阿爸
ah ba　　　　父親

阿媽
ah ma　　　　母親

阿叔
ah suk　　　叔叔

阿姨
ah yi　　　阿姨

會話一

A：阿傑佢去唔去呀？
　　ah kit kui hui ng hui ah
　　阿傑他去不去？

B：佢話有事唔嚟得喎。
　　kui wai yau si ng lai tak wo
　　他說有事不能來。

A：一定係去咗約會啫。
　　yat din hai hui joh yuk wui je
　　一定是去約會了。

會話二

A：你要唔要凍可樂？
　　nei yiu ng yiu dung ho lok
　　你要不要冰的可樂？

B：醫生話唔飲得凍嘢喎。
　　yi sang wai ng yam tak dung ye wo
　　醫生說不能喝冰的東西。

140

*贏得勝利時──我得咗啦！

這是年輕人用的説詞，用在考試合格、比賽得獎等場合，高興得不得了時。現在流行的説法可以用「恬當」（完全成功）。

A：約小珍睇戲嘅事點呀？
約小珍去看電影的事怎麼樣？

B：我得咗啦。
我成功了。

小詞庫

· 有事
yau si
有事情

· 唔嚟得
ng lai tak
不能來

· 約會
yuk wui
約會

· 凍
dung
冷；冰

· 醫生
yi sang
醫生

· 飲
yam
喝

34 得～嗻

只剩～而已

說明

用於表示現有的量不多，除此之外別無其他。語氣助詞「嗻」表示數量、程度很少的意思，是「啫」與「呀」的合音，表示輕微感嘆。例如：「淨得蘋果嗻」（只剩蘋果而已）。其他表示有限（少量）的數量或程度，還可以用「之嘛」（而已）。

得你一個嗻？

tak nei yat goh ja
只有你一個而已？

淨得一蚊嗻？

jing tak yat min ja
只剩下一塊錢而已？

你得一個仔嗻？

nei tak yat goh jai ja
你只有一個兒子而已？

得咁多行李嗻？

tak gam doh hang lei ja
只有這些行李而已？

淨得_____ 喏？

汽水
hei sui　　　　　汽水

果汁
gwo jaap　　　　果汁

咖啡
ga fe　　　　　　咖啡

啤酒
bei jau　　　　　啤酒

燒酒
siu jau　　　　　米酒

茶
cha　　　　　　　茶

143

會話一

A：仲有冇位啦？

chung yau mo wai la
還有沒有位置？

B：淨得一個位嗻。

jing tak yat goh wai ja
只剩下一個位置而已。

A：咁唔使喇，唔咳。

gam ngo sai la ng koi
那麼不用了，謝謝。

會話二

A：仲有冇雙人房啦？

chung yau mo seung yan fong la
還有沒有雙人房？

B：淨得單人房嗻。

jing tak daan yan fong ja
只剩下單人房而已。

A：咁唔緊要啦。

gam ng gan yiu la
那麼沒有關係。

144

＊比賽得勝──問你服未？

在比賽勝出，贏的一方向輸的一方故意自誇，表示自己能力比他強，叫別人佩服的意思。

A：將軍！問你服未？

　　將軍！認輸了吧？

B：我服了。

　　我認輸了。

小詞庫

- 位
  wai
  位置
- 淨得
  jing tak
  剩下
- 唔使
  ng sai
  不用

- 雙人房
  seung yan fong
  雙人房
- 單人房
  daan yan fong
  單人房
- 唔緊要
  ng gan yiu
  沒有關係

同～一樣咁～

～跟我一樣那麼的～

表示兩者比較的句型。用於作比較的兩者實力相當或特徵相同時。例如：「香港同新加坡一樣咁細。」（香港與新加坡一樣那麼小）。否定時可以用「～冇～咁～」（～不若～那麼的～）。例如：「我冇佢咁叻。」（我沒有他那麼聰明）。

志雄同我一樣咁高。

ji hung tung ngo yat yueng gam go
志雄跟我一樣高。

佢同我一樣咁重。

kui tung ngo yat yueng gam chung
他（她）跟一樣重。

阿爸同阿媽一樣咁大。

ah ba tung ah ma yat yuen gam dai
爸爸跟媽媽一樣大。

阿妹同家姐一樣咁肥。

mui mui tung je je yat yuen gam fei
妹妹跟姐姐一樣那麼胖。

說說看，看圖來記憶！

_____同_____一樣咁貴。

 皮鞋 pei haai　　皮鞋	 高踭鞋 go jang haai　　高跟鞋
 波鞋 bo haai　　運動鞋	 拖鞋 toh haai　　拖鞋
 涼鞋 leung haai　　涼鞋	 水鞋 sui haai　　雨鞋

會話很easy

會話一

A：你兩個邊個大呀？

　　nei leung goh bin goh dai ah

　　你們兩個，哪一個比較大？

B：佢同我一樣咁大。

　　kui tung ngo yat yueng gam dai

　　她跟我一樣大。

A：咁幾歲呀？

　　gam gei sui ah

　　那麼幾歲呢？

會話二

A：你幾重呀？

　　nei gei chung ah

　　你多重？

B：我五十公斤。

　　ngo ng sap kung kan

　　我五十公斤。

A：我同你一樣咁重。

　　ngo tung nei yat yeung gam chung

　　我跟你一樣重。

＊主動幫忙別人時──等我嚟啦。

自信能力比別人強，叫別人讓你來做看看的常用語。可以譯作
「讓我來吧！」。含有自大的意味，客氣的說法可以用：「等我試
吓」（讓我來試試看）。

A：好重啊！
　　好重啊！

B：等我嚟啦。
　　讓我來吧。

小詞庫

・邊個
bin goh
哪一個
・兩個
leung goh
兩個
・幾歲
gei sui
幾歲

・幾重
gei chung
多重
・公斤
kung kan
公斤
・同
tung
和；與

149

36 ～好唔好呀？

～好不好？

說明　　用於徵得許可的句型。可以用在徵求對方同意，也可以用在同意對方的時候，簡單回答的時候，可以直接用「好」（好）或「唔好」（不好）。例如：「安靜啲唔好呀？」（安靜點好不好）。表示命令、責備時，例如：「咪係度玩好唔好呀？」（別在這裡玩好不好）。

幫下我好唔好呀？

bong ha ngo ho ng ho ah
幫我一下好不好？

借枝筆俾我好唔好呀？

je ji baat bei ngo ho ng ho ah
借我一枝筆好不好？

細聲啲好唔好？

sai sing dick ho ng ho ah
小聲一點好不好？

俾份報紙我好唔好呀？

bei fan bo ji ngo ho ng ho ah
給我一份報紙可以嗎？

說說看，看圖來記憶！

送我＿＿＿＿＿好唔好？

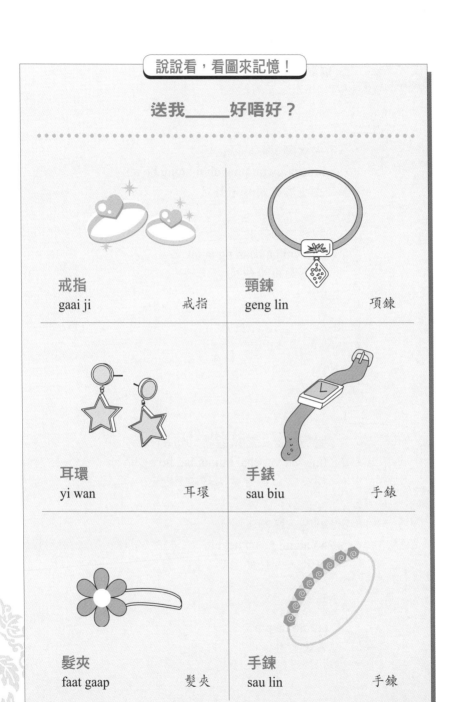

戒指
gaai ji　　　　　　　戒指

頸鍊
geng lin　　　　　　項鍊

耳環
yi wan　　　　　　　耳環

手錶
sau biu　　　　　　　手錶

髮夾
faat gaap　　　　　　髮夾

手鍊
sau lin　　　　　　　手鍊

151

會話很easy

A：去食廣東菜好唔好呀？
hui sik gwon tung choi ho ng ho ah
去吃廣東菜好不好？

B：我要加班唔嚟得。
ngo yiu ga baan ng la tak
我要加班不能來。

A：聽日一齊去睇戲好唔好呀？
ting yat yat chai hui tai hei ho ng ho ah
明天一起去看電影好不好？

B：好呀，睇咩戲呀？
ho ah tai meah hei ah
好的，看什麼電影？

A：睇武打片。
tai mo da pin
看武打片。

＊反覆疑問句的用法

反覆疑問句的基本句型，是從一句肯定句與一句否定句結合而成，會唔會＝會（肯定）＋唔會（否定）＋動詞～？＝反覆疑問句。

肯定 ＋ 否定	→	反覆疑問句
想 Seung 想	唔想 ng seung 不想 →	想唔想飲茶呀？ seung ng seung yam chan ah 想不想喝茶？
會 Wui 會	唔會 ng wui 不會 →	會唔會落雨？ wui ng wui lok yu 會不會下雨？
要 Yiu 要	唔要 ng yiu 不要 →	要唔要飲杯水？ yiu ng yiu yam biu siu 要不要喝一杯水？

小詞庫

- 一齊
  yat chai
  一起
- 廣東菜
  gwon tung choi
  廣東菜
- 加班
  ga baan
  加班

- 戲
  hei
  電影
- 武打片
  mo da pin
  武打片
- 咩
  meah
  什麼

37 要唔要～呀？

說明

　　表示詢問別人是否希望得到某物。簡單回答，表示肯定用「要」；表示否定，只要將「唔」加在動詞前面即可，寫成「唔要」，其他情意詞用法亦如此類推。例如：「要唔要杯咖啡呀？」（要不要一杯咖啡）。

要唔要茶呀？

yiu ng yiu cha ah
要不要茶？

要唔要我幫忙呀？

yiu ng yiu ngo bong mong ah
要不要我幫忙？

要唔要食飯呀？

yiu ng yiu sik fan ah
要不要吃飯？

要唔要奶精？

yiu ng yiu naai jing
要不要奶精？

要唔要食_____呀？

蛋糕
daan go　　　　蛋糕

蘋果派
ping gwo pai　　　蘋果派

甜甜圈
tim tim huen　　甜甜圈

餅乾
beng gon　　　　餅乾

牛奶糖
ngau naai tong　　牛奶糖

啫喱
je lei　　　　　果凍

會話一

A：要唔要杯咖啡呀？
yiu ng yiu bui ga fe ah
要不要一杯咖啡？

B：我想要杯茶。
ngo seung yiu bui cha
我想要一杯茶。

A：要凍定熱㗎？
yiu dung ding yit ga
要冰的還是熱的？

會話二

A：要唔要著燈呀？
yiu ng yiu jeuk dang ah
要不要開電燈？

B：好呀，唔該。
ho ah ng koi
好的，謝謝。

A：唔使唔該。
ng sai ng koi
不用客氣。

＊受到稱讚時──嘛嘛地啦。

對於別人的稱讚表示謙虛的客套話。可以譯作「還可以」的意思，是一種較保守、客套的説詞，説話者其實心裡對於他人的讚賞頗為認同。

A： 你嘅手勢唔錯喎！
　　你的廚藝不錯啊！

B： 嘛嘛地嘞！
　　還可以啦！

小詞庫

- 咖啡
ga fe
咖啡

- 茶
cha
茶

- 凍
dung
冰

- 定
ding
還是

- 著燈
jeuk dang
開電燈

- 唔使
ng sai
不用

38　我鐘意～

我喜歡～

說明　　表示強烈的希望或喜好的句型。「鐘意」之後接喜歡的對象，可以是人或物；名詞或動詞片語。簡單疑問句用「鐘唔鐘意～呀？」；肯定回答時用「鐘意」（喜歡）；否定用「唔鐘意」（不喜歡）。例如：「我鐘意游水。」（我喜歡游泳）。

我鐘意釣魚。

ngo jung yi dui yu
我喜歡釣魚。

我鐘意食點心。

ngo jung yi sik dim sam
我喜歡吃點心。

我鐘意打網球。

ngo jung yi da mong kau
我喜歡打網球。

我鐘意去旅行。

ngo jung yi hui lui hang
我喜歡去旅行。

哥哥鐘意打＿＿＿。

羽毛球
yue mo kau 　羽毛球

乒乓球
bin bum kau 　乒乓球

籃球
laam kau 　籃球

排球
pai kau 　排球

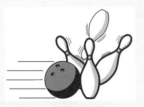

保齡球
bo ling kau 　保齡球

網球
mong kau 　網球

159

會話很easy

會話一

A：你鐘意食乜嘢呀？
nei jung yi sik mat ye ah
你喜歡吃什麼？

B：我鐘意食拉麵。
ngo chung yi sik lai min
我喜歡吃拉麵。

A：我都係。
ngo do hai
我也是。

會話二

A：你鐘意邊個歌手呀？
nei jung yi bin goh goh sau ah
你喜歡哪一個歌手？

B：我鐘意劉德華。
ngo jung yi lau tak wa
我喜歡劉德華。

A：真係？
jan hai
真的嗎？

160

＊表示意願──啱晒我心水。

事物的本身完全符合個人的意願，表示很滿意。可以譯作「正符合我的心意」，廣東話表示正確、合適用「啱」；不合適、不正確用「唔啱」。

A：呢條裙點呀？
　　這條裙子如何？

B：啱晒我心水。
　　正合我心意。

小詞庫

- 食
  sik
  吃

- 乜嘢
  mat ye
  什麼

- 拉麵
  lai min
  拉麵

- 邊個
  bin goh
  哪一個

- 歌手
  goh sau
  歌手

- 劉德華
  lau tak wa
  劉德華

39 ～靚唔靚呀？

～美不美呀？

說明

☆形容詞＋唔＋形容詞＋呀？

詢問別人對該人或事物的意見時用的句型。「靚」可以用其他形容詞來代替，例如：「佢高唔高呀？」（他高不高）。回答時可以加上「好」字，表示更深程度。例如：「好靚」（很美）。

裙靚唔靚呀？

kwan leng ng leng ah
裙子美不美？

李生高唔高呀？

lei sang go ng go ah
李先生高不高？

廣東話難唔難呀？

gwong tung wa naan ng naan ah
廣東話難不難？

外面凍唔凍呀？

ngoi min dung ng dung
外面冷不冷？

呢啲＿＿＿新唔新鮮呀？

雞肉
gai yuk　　　　　雞肉

雞蛋
gai daan　　　　雞蛋

牛肉
ngau yuk　　　　牛肉

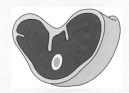

豬肉
ju yuk　　　　　豬肉

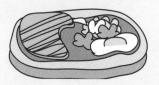

羊肉
yeung yuk　　　羊肉

蛇肉
se yuk　　　　　蛇肉

會話一

A：你個手袋好靚喎。
nei goh sau doi ho leng wo
你的手提袋好漂亮。

B：喺日本買嘅。
hai yat boon mei gei
在日本買的。

A：貴唔貴㗎？
gwai ng gwai ga
貴不貴？

會話二

A：學廣東話難唔難呀？
hok kwong tung wa naan ng naan ah
學廣東話難不難？

B：唔係好難啫。
ng hai ho naan je
不是很難。

A：教我得唔得呀？
gaam ngo tak ng tak ah
教我可以嗎？

＊表示喜好──克人憎。

　某人的行為或態度讓你感到很討厭時，是罵人的常用語。可以譯作「真是讓人討厭！」，「憎」是「憎恨」的縮寫。

A：佢成日喺背後講人壞話，真係克人憎。
　　他常在背後說別人的壞話，真是令人討厭。

小詞庫

・手袋
sau doi
手提包

・日本
yat boon
日本

・貴唔貴
gwai ng gwai
貴不貴

・廣東話
kwung tung wa
廣東話

・難
naan
難

・教
gaau
教

165

～得唔得呀？

～可不可以？

說明 　　用於徵求對方許可的句型。可以譯作「行不行？」「可不可以」；在會話中，也可以用「可唔可以？」、「好唔好？」來徵求對方同意。例如：「晏啲得唔得？」（晚一點可以嗎）。簡單的回答可以用「得」（可以）或「唔得」（不可以）。

平啲得唔得呀？

ping dick tak ng tak ah
便宜點可以嗎？

幫個忙得唔得呀？

bong goh mong tak ng tak ah
幫個忙可以嗎？

幫我影張相得唔得呀？

bong ngo ying jueng seung tak ng tak ah
幫我照個相可以嗎？

幫我睇下張地圖得唔得呀？

bong ngo tai ha cheung dei to tak ng tak ah
幫我看一下地圖可以嗎？

買＿＿＿得唔得呀？

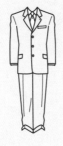

西裝
sai jong 　　　　西裝

外套
ngoi to 　　　　外套

裙
kwan 　　　　裙子

冷衫
ling saam 　　　　毛衣

褲
fu 　　　　褲子

鞋
hai 　　　　鞋子

會話一

A：呢件衫平啲得唔得呀？
lei kin saam ping dick tak ng tak ah
這件衣服便宜一點可以嗎？

B：已經最平啦。
yi king jui ping la
已經是最便宜的了。

A：咁呢件呢？
gam lei kin lei
那麼這件呢？

會話二

A：幫我睇下張地圖得唔得呀？
bong ngo tai ha cheung dei to tak ng tak ah
幫我看一下這張地圖可以嗎？

B：好呀，冇問題。
ho ah mo man tai
好的，沒有問題。

168

＊表示生氣──激死人啦！

　　別人的所作所為，讓你無法接受，被他氣得要命的意思，這是一種誇張的說法，一般的表示憤怒的說法可以用：「好激氣呀！」

A：話極都唔聽，激死我啦！

　　說了很多遍他都不聽，真是氣死我了！

小詞庫

・價錢	・地圖
ga chin	dei to
價錢	地圖
・平	・睇下
ping	tai ha
便宜	看一看
・衫	・冇問題
saam	mo man tai
衣服	沒有問題

41 〜咗〜未呀？

做了〜沒有？

說明

用來詢問別人某動作是否完成的句型。過去的動作用「動詞＋咗」的形式表示，「未呀」表示「有沒有」之意，全句可以譯作「做了〜沒有？」。例如：「辦咗入境手續未呀？」（辦了入境手續了沒有）。

食咗飯未呀？

sik foh fan mei ah

吃過飯了沒有？

洗咗手未呀？

sai joh sau mei ah

洗過手了嗎？

做咗功課未呀？

jo joh kung fo mei ah

做了功課沒有？

沖咗涼未呀？

chung joh leung mei ah

洗過澡了嗎？

交咗＿＿＿＿未呀？

屋租
uk jo　　　　　房租

電話費
din wa fai　　　　電話費

電費
din fai　　　　電費

介紹費
gaai siu fai　　　仲介費

交通費
gaau tung fai　　交通費

學費
hok fai　　　　學費

會話很easy

會話一

A：食咗飯未呀？

　sik joh fan mei ah

吃了嗎？

B：仲未食。

　jung mei sik

還沒有吃。

A：不如一齊食啦！

　but yu yat chai sik la

不如一起去吃吧！

會話二

A：今日拖咗地未呀？

　gam yat toh joh dei mei ah

今天拖過地了嗎？

B：已經拖咗啦。

　yi king toh joh la

已經拖過了。

A：咁衫呢？

　gam saam lei

那麼衣服呢？

＊敬語的說法

廣東話敬語的用法比較少，平常口語不太會講，只有在寫文章時有機會用。這裡只舉一些例子作參考。

普通體	呢個 lei goh 這個	乜名 mat man 什麼名字	邊個 bin goh 那一個	你個仔 nei goh jai 你的兒子
敬體	呢位 lei wai 這位	貴姓 kwai sing 貴姓	邊位 bin wai 那一位	姈郎 ling long 令郎

小詞庫

- 食飯
  sik fan
  吃飯
- 仲未
  jung mei
  還沒
- 一齊
  yat chai
  一起

- 拖地
  toh dei
  拖地
- 衫
  saam
  衣服
- 不如
  but yu
  不如

173

42 啱啱～咗～

剛好～了

說明

　　表示動作剛好完成在某一時間。可以譯做「剛剛好～」「碰巧」，要注意後接動作已完成，用動詞＋「咗」來表示。例如：「我啱啱出咗去。」（我剛好出去了）。表示動作在不久以前發生，可以用「正話」（剛才）、「頭先」（剛才），例如：「頭先我打過電話嚟。」（剛才我打了通電話來）。

啱啱去咗番工。

ngaam ngaam hui joh fan kung

剛好去上班了。

佢啱啱出咗去。

kui ngaam ngaam chut joh hui

他（她）剛好出去了。

小英啱啱返咗嚟。

siu ying ngaam ngaam fan jo lai

小英剛好回來了。

啱啱趕到。

ngaam ngaam gon doh

剛剛趕到。

我啱啱喺＿＿＿＿＿番嚟。

學校
hok hau　　　　　學校

公司
kung si　　　　　公司

外國
ngoi kwok　　　　外國

鄉下
heung ha　　　　家鄉

美容院
mei yung yuen　　美容院

髮型屋
faat yin uk　　　理髮店

會話一

A：唔該搵王生。

ng koi wan wong sang

麻煩找王先生。

B：佢啱啱出咗去喎。

kui ngaam ngaam chut joh hui wo

他剛好出去了。

A：咁我等陣再打嚟。

gam ngo dang jan joh da lai

那麼我等一下再打來。

會話二

A：啱啱做完運動好癐啊！

ngaam ngaam jo yuen wan dung ho gwui ah

剛剛做完運動好累啊！

B：休息一下吧！

yau sik yat ha ba

休息一下吧！

＊表示不相信──咪講笑喇。

　　事情的結果讓聽者難以相信，請對方別開玩笑作弄的意思。可以譯作「別跟我開玩笑了。」廣東話的「咪」是「不要」的意思，含有禁止、請求、命令等意思。這句話也可以説成「唔好同我講笑喇。」

Ａ：借一千萬俾你？咪講笑喇！
　　借給你一千萬，別開玩笑了！

小詞庫

· 王先	· 運動
wong sang	wan dung
王先生	運動
· 搵	· 好癐
wan	ho gwui
找	好累
· 等陣	· 休息
dan jan	yau sik
等一下	休息

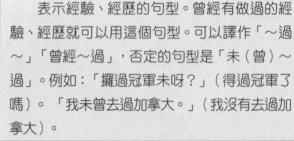

43 〜過〜未呀？

〜過〜沒有？

說明　　表示經驗、經歷的句型。曾經有做過的經驗、經歷就可以用這個句型。可以譯作「〜過〜」「曾經〜過」，否定的句型是「未（曾）〜過」。例如：「攞過冠軍未呀？」（得過冠軍了嗎）。「我未曾去過加拿大。」（我沒有去過加拿大）。

你去過香港未呀？

nei hui gwo heung kong mei ah
你去過香港了嗎？

搭過飛機未呀？

daap gwo fei gei mei ah
坐過飛機了嗎？

坐過地鐵未呀？

joh gwo dei tit mei ah
坐過地下鐵了嗎？

你去過廣東邊度呀？

nei hui gwo kwong tung bin do ah
你去過廣東哪裡？

你去過_____未呀？

日本
yat boon 　　　　日本

韓國
hon gwok 　　　　韓國

台灣
toi wan 　　　　台灣

英國
ying kwok 　　　　英國

美國
mei kwok 　　　　美國

法國
fat gwok 　　　　法國

會話一

A：你去過睇煙花表演未呀？
　　nei hui gwok tai yin fa biu yin mei ah
　　你去看過煙火表演嗎？

B：仲未。
　　jung mei
　　還沒有。

A：下次帶你去。
　　ha chi daai nei hui
　　下次帶你去。

會話二

A：你去過廣東未呀？
　　nei hui gwo gwong tung mei ah
　　你去過廣東了嗎？

B：去過喇。
　　hui gwo la
　　去過了。

180

＊表示不滿──有冇搞錯呀！

對於別人的行為或事情的結果，表示不滿時的感歎語。可以譯作「真是的！」、「怎麼會這樣？」。「搞錯」是「判斷錯誤」的意思，年輕人常故意把「搞」字的語音拉長，以表達非常不滿的程度。

A：將架車停喺人哋門口度，有冇搞錯呀！
　　把車子停在別人家的門口，真是的！

小詞庫

- 睇
  tai
  看
- 煙花
  yin fa
  煙火
- 表演
  biu yin
  表演

- 仲未
  jung mei
  還沒有
- 帶
  daai
  跟；同
- 廣東
  gwong tung
  廣東

正在做～

☆動詞＋嘅

　　表示動作正在進行中，要在動詞之前加「喺度」，在動詞之後接「嘅」，是最常見的句型構造，可以譯作「正在～」。例如：「行嘅」（正走著）、「食嘅飯」（正在吃飯）。

阿妹讀嘅書。

ah mui duk gan shu
妹妹正在讀書。

外面落嘅雨。

ngoi min lok gan yu
外面下著雨。

阿媽煮嘅飯。

ah ma ju gan fan
媽媽在做飯。

阿哥睇嘅電視。

ah go tai gan din si
哥哥在看電視。

你依家做嘅乜嘢呀？＿＿＿。

聽音樂
ting yam ngok 　　　聽音樂

捉棋
juk kei 　　　下棋

畫畫
waak waak 　　　畫畫

打牌
da pai 　　　打牌

睇電影
tai din ying 　　　看電影

打桌球
da yeuk kau 　　　打撞球

會話一

A：你依家做緊乜嘢呀？
　　nei yi ga jo gan mat ye ah
　　你現在在做什麼？

B：打緊電話。
　　da gan din wa
　　在講電話。

會話二

A：董事長喺度嗎？
　　dung si cheung hai do ma
　　董事長在嗎？

B：佢開緊會呀。
　　kui hoi gan ah
　　他正在開會。

A：咁我晏啲再嚟過。
　　gam ngo an dick joh la gwo
　　那麼我晚一點再來。

＊形容人──孤寒鬼。

廣東話「孤寒」是指身世寒微的意思，這句話用來形容那些凡事斤斤計較、拘泥金錢的人。它的反義詞是「大方」。

A：你要從呢個孤寒鬼身上拿到一亳子都幾難。

你要從這個小氣鬼身上拿到一毛錢也很難。

小詞庫

・依家
yi ga
現在
・乜嘢
mat ye
什麼
・電話
din wa
電話

・董事長
dung si cheung
董事長
・開會
hui wui
開會
・晏啲
an dick
晚一點

45 ～嗰陣時

說明

表示談及某一時間所做的某一件事的句型。可以譯作「那時候」「那陣子」。後接的動詞片語可以是過去已發生或將來還沒有發生的事。例如:「細嗰陣時鐘意游水。」(小的時候喜歡游泳)。

細個嗰陣時。

sai goh goh jan si

小的時候。

去旅行嗰陣時。

hui lui hang goh jan si

去旅行的時候。

讀書嗰陣時。

duk shu goh jan si

讀書的時候。

瞓覺嗰陣時。

fan gaau goh jan si

睡覺的時候。

_____嗰陣時要注意安全。

地震
dei jan　　　　　地震

颱風
toi fung　　　　　颱風

火災
fo joi　　　　　火災

水浸
sui jam　　　　　淹水

爆炸
baau ja　　　　　爆炸

火山爆發
fo san baau faat　火山爆發

會話一

A：去香港嗰陣時好開心。

hui heung kong koh jan si ho hoi sam

去香港的時候很高興。

B：去咗幾耐呀？

hui joh gei noi ah

去了多久？

A：一個月。

yat goh yuet

一個月。

會話二

A：你出咗去嗰陣時有電話嚟。

nei chut joh hui goh jan si yau din wa lai

你出去的時候有電話來。

B：咁有冇幫我留言呀？

gam yau mo bong ngo lau yin ah

那麼，有幫我留言嗎？

*形容人──鄉下仔。

用來形容穿著、說話、行為不合潮流的人。「鄉下」是「家鄉」的意思，原指從中國內陸農村地區來到城市工作的人，現在也可以用來形容衣著不合潮流的人。廣東話「仔」指男性，「妹」指女性。

A：佢哋打扮不合潮流。
　　他的打扮不合潮流。

B：正益鄉下仔。
　　真是土包子。

小詞庫

· 香港
heung kong
香港
· 玩
waan
玩
· 開心
hoi sam
高興

· 一個月
yat goh yuet
一個月
· 電話
din wan
電話
· 留言
lau yin
留言

可唔可以～吖？

可不可以～？

　　用於徵得許可的句型。可以用在徵求對方同意，也可以用在同意對方的時候，簡單回答的時候，可以直接用「可以」（可以）或「唔可以」（不可以）。例如：「可唔可以俾杯水我吖？」（可不可以給我一杯水）。

可唔可以食煙吖？

ho ng ho yi sik yin ah
可不可以抽煙？

可唔可以食蛋糕吖？

ho ng ho yi sik daan go ah
可不可以吃蛋糕？

可唔可以一齊去吖？

ho ng ho yi yat chai hui ah
可不可以一起去？

可唔可以細聲啲吖？

ho ng ho yi sai sing dick ah
可不可以小聲一點？

我可唔可以＿＿＿吖？

坐低
joh dai　　　　坐下來

企起身
kei hei san　　　站起來

唱歌
cheung goh　　　唱歌

講嘢
kung ye　　　　說話

睇吓
taai ha　　　　看一看

休息
yau sik　　　　休息

會話很easy

會話一

A：申請簽證要幾日呀？
san chin chim jing yiu gei yat ah
申請簽證要幾天？

B：十日。
sap yat
十天。

A：可唔可以加快吖？
ho ng ho yi ga fei ah
可不可以快一點呢？

會話二

A：可唔可以平啲吖？
ho ng ho yi ping dick ah
可不可以便宜點？

B：最多打個八折。
jui do dai gah baat jit
頂多打八折。

＊形容人──蕃薯頭。

　　中國古代用「蕃人」是指還未開化的人，現在，廣東話中「蕃薯頭」是指那些愚笨不懂事的人，也有用「大蕃薯」來形容肥胖、走路笨拙的人。

A：教極都唔明，正益蕃薯頭。
　　教過了很多遍都不明白，真是愚笨的人。

小詞庫

- 申請
  san chin
  申請
- 簽證
  chim jing
  簽證
- 十日
  sap yat
  十天

- 帽
  mo
  帽子
- 貴
  gwai
  貴
- 平
  ping
  便宜

47

～諗住～

～打算

　　表示說話者的意志、打算或決心。可以譯做「打算～」「想～」。表示否定時可以用「冇諗住～」（不打算），此外，用於疑問句時，通常會與「點呀？」一起合用，例如：「你諗住點呀？」（你打算怎樣）。

我諗住明年出國。

ngo lam ju ming nin chut gwok
我打算明年出國。

我諗住自己嚟做。

ngo lam ju ji gei lai jo
我打算自己來做。

我諗住逗留兩日。

ngo lam ju dau nau leung yat
我打算逗留兩天。

你諗住要點做呀？

nei lam ju yiu dim joh ah
你打算要怎麼做？

我諗住今年＿＿＿去留學。

春天
chun ting　　春天

二月	三月	四月
yi yuet	sam yuet	sei yuet
二月	三月	四月

夏天
ha ting　　夏天

五月	六月	七月
ng yuet	luk yuet	chat yuet
五月	六月	七月

秋天
chau ting　　秋天

八月	九月	十月
baat yuet	gau yuet	sap yuet
八月	九月	十月

冬天
dung ting　　冬天

十一月	十二月	一月
sap yat yuet	sap yi yuet	yat yuet
十一月	十二月	一月

會話一

A：以後有咩打算呀？
yi hau yau meah da suen ah
以後有什麼打算？

B：我諗住出國留學。
ngo lam ju chut gwok lau hok
我打算出國留學。

A：準備好了嗎？
jun bei ho liu ma
準備好了嗎？

會話二

A：做完工作了。
joh yuen liu kung jok
工作做完了。

B：要唔要去飲酒？
yiu ng yiu hui yam jau
要去喝杯酒嗎？

A：我諗住早啲番屋企。
ngo lam ju joh dick fan uk kei
我打算早點回家。

196

＊形容人──大隻講。

形容愛說謊話、只會說不會做的人。它的同義詞是「得把口」（只會說）、「一派胡言」（一派胡言）。這一句話常用在男性身上。

A：一人一百蚊，唔該。　　B：唔係話你請嘅咩？大隻講。
　　麻煩每人付一百元。　　　　不是說你要請客嗎？吹牛。

小詞庫

· 以後
yat hau
以後

· 咩
meah
什麼

· 留學
lau hok
留學

· 準備
jun bei
準備

· 工作
kung jok
工作

· 屋企
uk kei
家

48

仲諗住～

還想說～

說明

　　表示原來想法與實際結果不一的句型。使說話者感到後悔、驚奇、意外的結果。例如：「仲諗住做得完」（還想說做得完）。這裡的助動詞「仲」有兩用法：一‧表示「還有」；二‧表示「更加」，例如：「我架車仲貴。」（我的車子更貴）。

仲諗住會落雨。

chung lam ju wui lok yu
還以為會下雨。

仲諗住佢唔會嚟。

chung lam ju kui ng wui la
我還以為他不會來。

仲諗住我唔會贏。

chung lam ju ngo ng wui ying
還以為我不會贏。

仲諗住唔會遲到。

chung lam ju ng wui chi doh
還以為不會遲到。

落雨了！仲諗住去＿＿＿。

打籃球
da lam kau　　打籃球

打高爾夫球
da go yi fu kau 打高爾夫球

打棒球
da pang kau　　打棒球

滑雪
waat suet　　滑雪

游水
yau sui　　游泳

跑步
paau bo　　跑步

會話一

A：志明呢？
ji ming lei
志明呢？

B：佢冇嚟喎！
kui mo la ah
他沒有來唷！

A：仲諗住佢會嚟添。
chung lam ju kui wui la tim
還以為他會來。

會話二

A：我哋今日去咗睇戲。
ngo dei gam yat hui joh taai hei
我們今天去了看電影。

B：又唔搵埋我。
yau ng wan mei ngo
又不找我一起去。

A：仲諗住你要番工。
chung lam ju nei yiu fan kung
還以為你要上班。

＊形容人——懶醒。

用來形容能力不足卻愛表現的人，可以譯作「故作小聰明」的意思。這句話背後的意思，就是叫人要量力而為。

A：我又撞爛部車了。
　　我又把車子撞壞掉了。

B：唔識開車就唔好開，咪懶醒。
　　不會開車就不要去開，別裝聰明。

小詞庫

- 志明
  ji ming
  志明
- 今日
  gam yat
  今天
- 睇
  taai
  看

- 戲
  hei
  電影
- 搵埋
  wan mei
  找我一起去
- 番工
  fan kung
  上班

49 ～喇！

～啊！

說明　句末助詞「喇」可以用來表示：一．狀況變化之確認；二．斷定。可以在已完成的動作，等於中文的「了」的意思；例如：「做咗功課喇！」（做完功課了）；也可以用在告訴別人某事件，用在命令、請求、禁止、建議等祈使句，例如：「起身喇！」（起床了）。

食飯喇！
sik fan la
吃飯了。

車嚟喇！
cheh lai la
車子來了。

我出去喇！
ng chu hui la
我出去了。

我返嚟喇！
ngo fan lai la
我回來了！

我要＿＿＿喇！

瞓覺
fan gaau　　　　　睡覺

起身
hei san　　　　　起床

走
jau　　　　　走

離開
lei hoi　　　　　離開

會話很easy

會話一

A : 去邊度呀？
hui bin do ah
去哪裡呀？

B : 我要出去喇！
ngo yiu chut hui la
我要出去了。

A : 記得早啲番嚟呀！
kei tak jo dick fan la ah
記得早點回來啊！

會話二

A : 起身喇！
hei san la
起床啦！

B : 依家幾點呀？
yi ga gei dim ah
現在幾點了？

A : 就快到9點喇。
jau fei do gau dim la
已經快要9點了。

204

＊受到恩惠時──真係唔話得。

難以用言語來表達謝意的意思，可以譯作「真是難得」的意思。這是讚美別人不計較地肯為自己付出的一句話。

A：你有嘢做都嚟幫我搬屋，真係唔話得。
　　你有事要做還來幫我搬家，真是難得。

小詞庫

- 邊度
  bin do
  哪裡
- 番嚟
  fan la
  回來
- 起身
  hei san
  起床；起來

- 依家
  yi ga
  現在
- 幾點
  gei dim
  幾點
- 就快
  jau fei
  快要

205

補充課　～過～

～比～

說明

　　表示比較的句型。用於兩者比較，前者大於後者時。可以譯做「比較～」，例如：「佢高過我」（他比我高）。此外，「過」也可以用在時間上，意思即為「超過」，例如：「三點過啲」（三點過一點點）。

飛機快過火車。

fei gei fai gwo fo cheh
飛機比火車快。

佢肥過我。

kui fei gwo ngo
他（她）比我胖。

我瘦過佢。

ngo sau gwo kui
我比她（他）瘦。

佢高過我。

kui go gwo ngo
他比我高。

_____快過_____。

(~比~ 快)

巴士
ba si   巴士

的士
dick si   計程車

地鐵
dit tit   地下鐵

電車
din cheh   電車

電單車
din daan cheh   摩托車

單車
daan cheh   腳踏車

會話很easy

會話一

A：去香港好定去日本好呀？
hui heung kong ho ding hai hui yat boon ho ah
去香港好還是日本好呢？

B：香港消費平過日本。
heung kong siu fai ping gwo yat boon
香港消費比日本便宜。

A：咁我哋去香港啦！
gam ngo dei hui heung kong la
那麼我們去香港吧！

會話二

A：你同小英邊個大呀？
nei tung siu ying bin goh dai ah
你跟小英哪個較大？

B：小英大過我兩歲。
siu ying dai gwo ngo leung sui
小英比我大兩歲。

＊對別人生氣時──多得你唔少。

英語「thank you very much」有兩種用法，一是謝謝、另一是諷刺，同樣的，廣東話中這一話同時含有諷刺的用法，有責怪別人的意味，意思是「都是因為你，我才會弄得那麼的糟糕」。

Ａ：害我又要重做，真係多得你唔少。

　　害我又要重做，真是拜你所賜。

小詞庫

- 香港
  heung kong
  香港
- 日本
  yat boon
  日本
- 消費
  siu fai
  消費

- 平
  ping
  便宜
- 小英
  siu ying
  小英
- 兩歲
  leung sui
  兩歲

「網」裡尋他千百度

三言兩語說不完

雞雞：

你哋去晒邊AR...........？
好耐冇見你哋LA.......
留言比我吖~~

你們去哪裡了？
好久沒有看到你們了，
留言給我吧！

阿柴：

　　我好掛住妳喔！

　　　我好想你啊！

小明：

今年聖誕都唔知自己想點，
有冇去過網吧度打機呀？

今年聖誕節不知道要做什麼好，
有沒有去過網路咖啡廳打電動遊戲呢？

Sakura：

hihi～！各位網友～
好耐無見啦～
近排點呀？

嗨！各位網友～
好久不見了～
近來好嗎？

213

小明：

　近排想整網頁......

　而响設計上有D問題想請教Patrick

　大人......

　近來想做網頁......

　在設計上有些問題

　想請教Patrick大人......

ALICE：

　　咁點解而家D人又唔上嚟嘅？

　　有冇人可以話俾我知點解呀？唔該～

　　為什麼現在沒有人上來？

　　有沒有人可以告訴我為什麼？謝謝～

yee：

請問我嗰餐buffet幾時有著落呀???

請問我的那一頓自助餐，什麼時候可以吃？

鳳爪：

聽日放學我同包包要課外活動wor！
陪唔到你去圖書館借書wor，星期二先la？

明天下課我跟包包要課外活動啊！
不能陪你去圖書館借書，星期二去吧？

路路通

* 港澳、廣東地區流行語排行榜

波 士	老板（從英文的boss而來）
師 奶	太太、家庭主婦
馬 迷	熱衷於賭馬的人
追 星 族	明星、歌星崇拜者
靚 仔	帥哥
靚 女	美女
馬 仔	打手
飛 仔	流氓
差 人	警察
夾心階層	中等收入的人士
基 佬	男同性戀者（從英文的gay譯音而來）
大 耳 窿	高利貸者
寫 字 樓	辦公大樓
士 多	小商店（從英文的store而來）
造 馬	舞弊
爆 棚	滿座
爆 格	入屋盜竊
走 鬼	躲警察的攤販
跳 樓 貨	便宜貨
石屎森林	高樓大廈

偶像名字大追蹤

你是不是追港星一族？是不是常被電視港劇所吸引？愛看香港娛樂新聞，卻不知道偶像明星的名字怎麼唸？請別著急，從今天起，你就可以大膽的說出自己喜歡偶像的名字了！

藝人	偶像名字	發音
女歌手	陳慧琳 鄭秀文 莫文蔚 梁詠琪 王　菲 楊千樺	chan wai lam jeng sau man mok man wai leung wing kei wong fei yeung chin wa

	容祖兒	yung jo yi
	袁彩雲	yuen choi wan
	佘詩曼	se si man
	陳慧珊	chan wai san
	周慧敏	jau wai man
	楊采妮	yueng choi lei
	李嘉欣	lei ga yan
	郭可盈	kwok hoi ying
	周海媚	jau hoi mei
男歌手	張學友	cheung hok yau
	郭富城	kwok fu sing
	黎　明	lai ming
	劉德華	lau tak wa
	陳曉東	chan hiu tung
	古巨基	gu kui gei
	張國榮	cheung kwok wing
	成　龍	sing lung
	周星馳	jau sing chi
	周潤發	jau yun faat
	林文龍	lam man lung
	李克勤	lei hak kan

香港10大女明星排行榜	香港10大男明星排行榜
第一位－Angelababy	第一位－張國榮
第二位－鄧紫棋	第二位－梁朝偉
第三位－薛凱琪	第三位－周潤發
第四位－胡定欣	第四位－黎明
第五位－蔡卓妍	第五位－郭富城
第六位－黃翠如	第六位－古天樂
第七位－佘詩曼	第七位－鄭伊健
第八位－岑麗香	第八位－謝霆鋒
第九位－李佳芯	第九位－吳彥祖
第十位－林芊妤	第十位－陳冠希

國家圖書館出版品預行編目資料

我的第一本廣東話 / 何美玲著.
-- 新北市：哈福企業, 2023.07
面；　公分. --（廣東話系列；5）
ISBN 978-626-97451-1-1（平裝）

1.CST: 粵語 2.CST: 會話

802.523388

免費下載QR Code音檔
行動學習，即刷即聽

我的第一本廣東話
（附 QR Code 行動學習音檔）

作者／何美玲
責任編輯／施雯
封面設計／李秀英
內文排版／林樂娟
出版者／哈福企業有限公司
地址／新北市淡水區民族路 110 巷 38 弄 7 號
電話／(02) 2808-4587
傳真／(02) 2808-6545
郵政劃撥／ 31598840
戶名／哈福企業有限公司
出版日期／ 2023 年 7 月
台幣定價／ 360 元（附 QR Code 線上 MP3）
港幣定價／ 120 元（附 QR Code 線上 MP3）
封面內文圖 / 取材自 Shutterstock

全球華文國際市場總代理／采舍國際有限公司
地址／新北市中和區中山路 2 段 366 巷 10 號 3 樓
電話／(02) 8245-8786
傳真／(02) 8245-8718
網址／ www.silkbook.com 新絲路華文網

香港澳門總經銷／和平圖書有限公司
地址／香港柴灣嘉業街 12 號百樂門大廈 17 樓
電話／(852) 2804-6687
傳真／(852) 2804-6409

email ／ welike8686@Gmail.com
facebook ／ Haa-net 哈福網路商城

Copyright ©2023 Haward Co., Ltd.
All Right Reserved.
Original Copyright © Da Li Culture Co., Ltd.
＊本書提及的註冊商標屬於登記註冊公司所有，特此聲明，謹此致謝！

著作權所有　翻印必究
如有破損或裝訂缺頁，請寄回本公司更換

電子書格式：PDF

哈福